ALDO LEOPOLD
WENN ICH DER WIND WÄRE

Aus dem amerikanischen Englisch von
Elisabeth M. Walther

Ausgewählt von Aleksia Sidney

KAMPA

Die englische Originalausgabe erschien unter dem Titel
A Sand County Almanac. And Sketches Here and There
1949 by Oxford University Press.
Unter dem Titel *Am Anfang war die Erde. Plädoyer zur Umwelt-Ethik*
erschienen 1992 im Knesebeck Verlag, München, erstmals Auszüge
aus dem *Almanac* auf Deutsch.
Die vorliegende Ausgabe enthält lediglich Teil I der
Originalausgabe, das Kapitel »Sand County Almanac«.

Für den Blick hinter die Verlagskulissen:
www.kampaverlag.ch/newsletter

KAMPA POCKET
DIE ERSTE KLIMANEUTRALE TASCHENBUCHREIHE
Gedruckt auf säurefreiem und chlorfrei gebleichtem
Papier aus verantwortungsvollen Quellen, zertifiziert
durch das Forest Stewardship Council. Der Umschlag
enthält kein Plastik. Kampa Pockets werden klima-
neutral gedruckt, kampaverlag.ch/nachhaltig informiert
über das unterstützte CO_2-Kompensationsprojekt.

Veröffentlicht im März 2021 als Kampa Pocket

Covergestaltung: Lara Flues, Kampa Verlag
Covermotiv: © Kamil Kuzin, Kuzin & Kolling,
Büro für Gestaltung, Hamburg
Satz: Herr K | Jan Kermes, Leipzig
Gesetzt aus der Stempel Garamond LT / 2101xx
Druck und Bindung: GGP Media GmbH, Pößneck
Auch als E-Book erhältlich
ISBN 978 3 311 15024 4

www.kampaverlag.ch

Januar
Tauwetter

In jedem Jahr, nach den Eisstürmen des Mittwinters, kommt eine Nacht mit Tauwetter, in der der Rhythmus tröpfelnden Wassers im Lande zu hören ist. Sie bringt eine seltsame Unruhe mit sich, nicht nur für diejenigen, die sich für die Nacht zur Ruhe gelegt haben, sondern auch für manche, die den ganzen Winter durchschlafen. Der aus seinem Winterschlaf erwachende Skunk, der zusammengerollt in seiner tiefen Höhle lag, streckt sich, wagt sich hinaus in die feuchte Welt und schleift seinen Bauch durch den Schnee. Seine Spuren gehören zu den ersten wahrnehmbaren Ereignissen im Zyklus des Werdens und Vergehens, den wir als ein Jahr bezeichnen.

Die Spur zeigt eine Gleichgültigkeit gegenüber den irdischen Angelegenheiten, die zu anderen Jahreszeiten ungewöhnlich wäre; sie führt schnurstracks querfeldein, als hätte ihr Verursacher die Deichsel seines Wagens fest nach einem Stern ausgerichtet und dann die Zügel fallen lassen. Ich folge der Spur des Skunks voller Neugierde nach, ob ich daraus etwas über seinen Gemütszustand und Appetit ablesen kann sowie über sein Reiseziel, falls er eines hat.

In den Monaten von Januar bis Juni nimmt die Fülle der Ablenkungen in der Form einer geometrischen Reihe zu. Im Januar kann man einer Skunkspur folgen, nach beringten Meisen suchen oder nachschauen, welche der jungen Kiefern vom Weißwedelwild verbissen wurden oder an welchen Bisamrattenbauten die Nerze gegraben haben. Es gibt nur wenige, leicht davon abschweifende andere Aktivitäten.

Beobachtungen im Januar können fast so einfach und friedlich sein wie Schnee und fast so andauernd wie Kälte. Da hat man Zeit, nicht nur zuzusehen, wer was getan hat, sondern auch darüber nachzudenken, warum es geschah.

Eine Wiesenmaus, erschreckt durch mein Kommen, schießt quer über die Skunkspur. Warum ist sie bei Tageslicht unterwegs? Vermutlich betrübt sie das Tauwetter. Heute sind die labyrinthartigen, versteckten Tunnel, die sie mühsam durch das verfilzte Gras unter dem Schnee genagt hatte, keine Tunnel mehr, sondern nur noch Wege, die den Blicken der Öffentlichkeit und der Lächerlichkeit preisgegeben sind. Tatsächlich hat die wärmende Sonne die

Grundbedingungen des winzigen Ökosystems verhöhnt!

Die Maus weiß als nüchterner Bürger, dass das Gras wächst, damit Mäuse es zu unterirdischen Heuhaufen aufschichten, und dass der Schnee fällt, damit Mäuse unterirdische Gänge von Heulager zu Heulager bauen können: Angebot, Nachfrage und Transport sind sauber organisiert. Für die Maus bedeutet der Schnee, frei zu sein von Not und Furcht.

Ein Raufußbussard segelt über die Wiese. Nun verhält er im Rüttelflug wie ein Eisvogel und lässt sich dann als gefiederte Bombe auf das Marschland fallen. Er steigt nicht wieder auf, also bin ich sicher, dass er einen besorgten Mäuseingenieur, der nicht bis zur Nacht warten konnte, um den Schaden an seiner wohlgeordneten Welt zu inspizieren, gefangen hat und jetzt frisst.

Dem Rauchfuß ist es gleichgültig, warum das Gras wächst, aber er weiß sehr wohl, dass der Schnee schmilzt, damit Bussarde wieder Mause fangen können. Er kam aus der Arktis zurück in der Hoffnung auf Tauwetter, denn für ihn bedeutet Tauwetter Freiheit von Not und Furcht.

Die Skunkspur führt in die Wälder und überquert eine Lichtung, wo die Kaninchen den Schnee festgetreten und mit rosafarbenem Urin gesprenkelt haben. Freigelegte Eichensämlinge haben das Tauwetter mit der frischen Rinde ihrer Stämmchen bezahlt. Büschel von Kaninchenfell erzählen von den ersten Kämpfen des Jahres zwischen den liebestollen Rammlern. Etwas weiter entfernt finde ich einen blutigen Fleck, kreisförmig umrahmt von den Spuren fegender Eulenschwingen. Diesem Kaninchen brachte das Tauwetter Freiheit von Not, aber auch ein leichtsinniges Aufgeben der Furcht. Die Eule hat es daran erinnert, dass Frühlingsgefühle kein Ersatz für Vorsicht sind.

Die Skunkspur führt weiter, ohne Interesse für etwaige Nahrung anzuzeigen und ohne das Herumtollen der Nachbarn oder ihre Bestrafung zu beachten. Ich würde zu gern wissen, was er vorhat und was ihn aus seinem Bett gebracht hat. Darf man diesem beleibten Gesellen romantische Gefühle unterstellen? Schließlich führt die Spur in einen Treibholzhaufen und kommt nicht wieder heraus. Ich höre das Wasser zwischen den Stämmen tröpfeln und stelle mir vor, dass der Skunk es ebenfalls hört. Nachdenklich mache ich mich auf den Heimweg.

Februar

Gute Eiche

Für den Menschen, der keine Farm besitzt, gibt es die Gefahr zweier Trugschlüsse: Zum einen könnte er annehmen, dass das Frühstück aus dem Lebensmittelgeschäft, zum anderen, dass die Wärme aus dem Ofen kommt.

Um der ersten Gefahr zu entgehen, sollte man einen Garten anlegen, vorzugsweise in einer Gegend, wo kein Gemüsemarkt die Angelegenheit verfälschen kann.

Um die zweite zu vermeiden, sollte man im Februar einen Kloben guten Eichenholzes in den Kamin legen, möglichst in einem Haus ohne Zentralheizung, und die Schienbeine daran wärmen, während ein Eissturm draußen an den Bäumen zerrt. Wer seine eigene gute Eiche gefällt, zerhackt, heimgebracht, aufgeschichtet und dabei nur ein bisschen nachgedacht hat, wird sich gut daran erinnern, woher die Wärme kommt, und zwar in all den Einzelheiten, die jenen abgehen, die ihr Wochenende in der Stadt vor einem Heizkörper verbringen.

Eben diese Eiche, die nun auf meinem Feuerbock glüht, wuchs am Rande der alten Einwandererstraße, wo diese den Sandhügel hinaufführt. Der Stumpf, den ich nach dem Fällen vermaß, hatte einen Durchmesser von 75 Zentimetern. Er wies achtzig Jahresringe auf, also muss der Sämling, aus dem der Baum erwuchs, seinen ersten Ring 1865, gegen Ende des Sezessionskrieges, gebildet haben. Aber aus der Geschichte heutiger Sämlinge weiß ich, dass keine Eiche über die von Kaninchen noch zu erreichende Höhe hinauswächst, ohne ein Jahrzehnt lang oder noch länger jeden Winter ringförmig benagt zu werden und im folgenden Sommer wieder auszutreiben. Tatsächlich steht fest, dass jede überlebende Eiche ihr Fortbestehen entweder der Nachlässigkeit oder der geringen Anzahl der Kaninchen verdankt.

Gewiss wird eines Tages ein geduldiger Botaniker eine Häufigkeitskurve für die Geburtsjahre von Eichen zeichnen und dabei feststellen, dass die Kurve alle zehn Jahre ausbuckelt. Jeder Buckel entsteht dabei durch einen Tiefstand im Zehnjahreszyklus der Kaninchen. (Durch diesen anhaltenden Kampf zwischen und innerhalb der Tier- und Pflanzenwelt erreichen sie gemeinsam Unsterblichkeit.) Es ist somit wahrscheinlich, dass es in den Mittsechzigern, als meine Eiche ihre ersten Jahresringe bildete, einen Tiefstand im Kaninchenbestand gab, dass aber die Eichel, aus der sie erwuchs, während des vorangegangenen Jahrzehnts heruntergefallen war, als noch die Planwagen über meine Straße in den äußersten Nordwesten rollten. Es könnte dieser Einwandererverkehr gewesen sein, der den Straßenrand bloßgelegt hat, wodurch diese Eichel ihre ersten Blätter der Sonne entgegenstrecken konnte. Nur eine Eichel unter tausend wird jemals groß genug, um es mit den Kaninchen aufzunehmen; der Rest versinkt bei der Geburt im Meer der Prärie. Es ist ein erwärmender Gedanke, dass diese nicht dazugehörte und somit leben konnte, um achtzig Jahre lang die Junisonne zu speichern. Dieses Sonnenlicht, das jetzt dank meiner Axt und meiner Säge wieder verströmt werden kann, erwärmt meine Hütte und mein Gemüt während achtzig Böen des Schneesturms. Und mit jedem Windstoß geben Rauchfetzen aus meinem Schornstein allen Interessierten Zeugnis davon, dass die Sonne nicht vergebens schien.

Meinen Hund kümmert es nicht, woher die Wärme kommt, aber ihn interessiert brennend, dass sie kommt, und zwar schnell. Tatsächlich hält er meine Fähigkeit, sie herbeizuschaffen, für eine Art Zauber, denn wenn ich in der kalten schwarzen Vordämmerung aufstehe und zitternd vor der Feuerstelle knie, um Feuer zu machen, schiebt er sich sanft zwischen mich und die Holzspäne, die ich auf die Asche gelegt habe, und wenn ich sie anzünden will, muss ich das Streichholz zwischen seinen Beinen durchschieben. Ich vermute, dies ist der Glaube, der Berge versetzt.

Ein Blitzschlag setzte der Holzproduktion dieser besonderen Eiche ein Ende. Wir alle erwachten in einer Julinacht von dem Donnerschlag; uns war klar, dass es in der Nähe eingeschlagen haben musste, aber da es nicht bei uns war, schliefen wir wieder ein. Der Mensch ist das Maß aller Dinge, und das gilt auch für den Blitzschlag.

Als wir am nächsten Morgen über den Sandhügel zogen und uns mit Sonnenhut und Prärieklee über den frisch gefallenen Regen freuten, stießen wir auf einen großen Rindenbrocken, der frisch vom Stamm der Eiche am Straßenrand abgerissen war. Der Stamm hatte eine lange, spiralförmige Narbe von bloßgelegtem hellem Holz, dreißig Zentimeter breit und noch nicht von der Sonne vergilbt. Am nächsten Tag waren die Blätter verwelkt, und wir wussten, dass der Blitz uns drei Klafter künftigen Feuerholzes beschert hatte. Wir trauerten über den Verlust des alten Baumes, aber wir wussten, dass ein Dutzend seiner Nachkommen, die gerade und kräftig im Sand standen, bereits seine Aufgabe der Holzproduktion übernommen hatte.

Wir ließen den toten Veteranen ein Jahr lang in der Sonne trocknen, deren Energie er nicht mehr speichern konnte, und an einem kalten Wintertag gingen wir mit frisch geschärfter Säge an sein bewehrtes Fundament. Würzig duftende kleine Splitter seiner Geschichte spritzten bei jedem Schnitt vom Sägeblatt und sammelten sich im Schnee vor den beiden knienden Sägern. Wir fühlten, dass diese zwei Haufen von Sägespänen mehr als nur Holz waren: dass sie ein vollständiger Querschnitt durch ein Jahrhundert waren; dass sich unsere Säge Zug um Zug, Jahrzehnt um Jahrzehnt, durch die Chronologie eines Lebens fraß, wie sie in den konzentrischen Jahresringen einer guten Eiche festgehalten ist.

Es brauchte nur ein Dutzend Züge, um die wenigen Jahre zu durchsägen, in denen die Eiche uns gehört hatte und während derer wir die Farm lieben und schätzen gelernt hatten. Jäh begannen wir, die Jahre unseres Vorgängers, des Alkoholschmugglers, zu durchsägen, der diese Farm gehasst, sie ihrer noch vorhandenen Fruchtbarkeit beraubt, ihr Farmhaus abgebrannt, sie in den Schoß des Landkreises zurückgeworfen hatte (mit beträchtlichen Steuerschulden) und schließlich in der landlosen Anonymität der Depressionsjahre verschwunden war. Dennoch hatte die Eiche gutes Holz für ihn produziert; die Sägespäne aus seiner Epoche waren ebenso wohlriechend, gesund und rosafarben wie die unseren. Eine Eiche macht keinen Unterschied im Ansehen der Person.

Die Herrschaft des Alkoholschmugglers endete irgendwann in den Staubstürmen der Dürrejahre von 1936, 1934, 1933 und 1930. Eichenholzrauch der Schnapsbrennereien und Torffeuer von brennendem Marschland müssen damals die Sonne verdunkelt haben, und Naturschutz steckte gerade in den Kinderschuhen. Doch den Sägespänen merkte man das nicht an.

Pause!, ruft jetzt der Obersäger, und wir halten ein, um Atem zu schöpfen.

Jetzt frisst sich unsere Säge in die Jahre um 1920, die Dekade der Babbitts*, wo alles größer und besser wurde, in Sorglosigkeit und Arroganz, bis 1929, als der große Börsenkrach kam. Sollte die Eiche ihn gehört haben, so ist ihrem Holz jedenfalls nichts anzumerken. Ebenso wenig hat sie die verschiedenen Beteuerungen des Gesetzgebers bezüglich seiner Liebe zu Bäumen beachtet: ein Staatsforst- und ein Holzschlaggesetz 1927, Errichtung eines großen Schutzgebietes im Tiefland des Oberen Mississippi 1924 und neue Richtlinien für die Forstwirtschaft 1921. Sie hat auch 1925 den Tod des letzten Marders im Land nicht beachtet und nicht die Ankunft des ersten Stars 1923. Im März 1922 vernichtete der

* George Babbitt, Romanfigur von Sinclair Lewis. Als Synonym für Spießer in die amerikanische Sprache eingegangen.

große Eisregen die benachbarten Ulmen Ast für Ast, aber an unserem Baum ist kein Anzeichen von Schaden zu bemerken. Was bedeutet schon eine Tonne Eis, mehr oder weniger, für eine gute Eiche?

Pause!, ruft jetzt der Obersäger, und wir halten ein, um Atem zu schöpfen.

Nun frisst sich unsere Säge in die Jahre von 1910 bis 1920, das Jahrzehnt des Drainagewahns, als Dampfbagger das Marschland von Mittel-Wisconsin trockenlegten, um Farmen entstehen zu lassen, und stattdessen Aschehaufen produzierten. Unsere Marsch entging der Zerstörung, nicht dank der Sorgfalt oder Voraussicht der Ingenieure, sondern weil der Fluss sie in jedem Jahr im April überschwemmte; und mit besonderer Macht – vielleicht in einer Art Selbstverteidigung – in den Jahren 1913 bis 1916. Die Eiche setzte Holz an, als ob nichts wäre, selbst als 1915 der Oberste Gerichtshof die Staatsforste abschaffte und Gouverneur Phillip verkündete, dass »Staatsforste kein gutes Geschäft« seien. (Dem Gouverneur ist nicht aufgegangen, dass es mehr als eine Definition für das, was gut ist, geben könnte wie auch für das, was ein »Geschäft« ist. Ihm ist auch nicht aufgegangen, dass, während die Gerichte ihre Definition dessen, was gut ist, in die Gesetzbücher eintrugen, die Feuer der Oberfläche des Landes eine ganz andere Definition einbrannten.

Vielleicht darf man, wenn man Gouverneur ist, in solchen Dingen keine Zweifel haben.)

Während die Forstwirtschaft in diesem Jahrzehnt zurückging, kam der Wildschutz voran. 1916 wurden in Waukesha County erfolgreich Fasane angesiedelt; 1915 verbot ein Bundesgesetz die Frühjahrsjagd; 1913 wurde eine staatliche Wildfarm eröffnet; 1912 schützte ein »Bockgesetz« alles weibliche Weißwedelwild; 1911 verbreiteten sich Schutzgebiete in Windeseile im ganzen Land. »Schutzgebiet« wurde zu einem heiligen Wort, aber die Eiche kümmerte das nicht.

Pause!, ruft jetzt der Obersäger, und wir halten ein, um Atem zu schöpfen.

Jetzt sägen wir durch 1910, als ein bedeutender Rektor einer Universität ein Buch über Naturschutz veröffentlichte, gewaltige Schwärme von Sägewespen Millionen Lärchen vernichteten, eine große Dürre die Kiefernpflanzungen verbrannte und ein riesiger Bagger den Horicon Marsh trockenlegte. Wir sägen durch 1909, als erstmals Stinte in den Großen Seen ausgesetzt wurden und ein nasser Sommer den Gesetzgeber veranlasste, die Mittel zur Waldbrandbekämpfung zu streichen.

Wir sägen in das trockene Jahr 1908, in dem die Wälder heftig brannten und Wisconsin seinen letzten Puma verlor.

Wir sägen durch 1907, als ein wandernder Luchs, der das gelobte Land in der falschen Richtung suchte, seinen Werdegang zwischen den Farmen des Dane County beendete.

Wir sägen durch 1906, als der erste Staatsförster seinen Dienst antrat und Brände 17000 Morgen in diesen Sandgebieten vernichteten; wir sägen durch 1905, als ein großer Schwarm Habichte aus dem Norden kam und die Kragenhühner der Gegend auffraß (bestimmt saßen die Habichte auch in diesem Baum und kröpften ein paar Hühner). Wir sägen durch 1902–3, einen bitterkalten Winter; durch 1901 mit der verheerendsten Dürre seit Menschengedenken (nur 425 mm Regen); durch 1900, das Jahr der Jahrhundertwende, ein Jahr der Hoffnung, der Gebete und des üblichen Jahresrings der Eiche.

Pause!, ruft jetzt der Obersäger, und wir halten ein, um Atem zu schöpfen.

Nun frisst sich unsere Säge in die 1890er Jahre, die Fröhlichen genannt von denen, deren Augen stadtwärts gerichtet sind anstatt auf das Land. Wir sägen durch 1899, als die letzte Wandertaube in der Nähe von Babcock, zwei Bezirke nördlich von hier, von einer Ladung Schrot getroffen wird; wir sägen durch 1898, als auf einen trockenen Herbst ein schneeloser Winter folgte, der den Boden über zwei Meter tief gefrieren ließ und die Apfelbäume umbrachte; durch 1897, wieder ein Dürrejahr, in dem eine weitere Forst-Kommission ins Leben gerufen wurde; durch 1896, als allein von dem Dorf Spooner 25 000 Präriehühner zum Markt verfrachtet wurden; durch 1895, ein weiteres Jahr der Brände; durch 1894, ein weiteres Dürrejahr; und 1893, das Jahr des »Hüttensänger-Unwetters«, als ein Schneesturm im März die ziehenden Hüttensänger fast vollständig vernichtete. (Die ersten Hüttensänger ließen sich immer in dieser Eiche nieder, aber Mitte der neunziger Jahre muss es ohne sie gegangen sein.) Wir sägen durch 1892, ein weiteres Jahr der Brände; durch 1891, das einen Tiefstand im Zyklus der Kragenhühner markiert, und durch 1890, das Jahr des Babcock-Milchtests, der es ein halbes Jahrhundert später Gouverneur Heil ermöglichte, Wisconsin als Amerikas Molkereiland zu rühmen. Die Nummernschilder der Autos, auf denen heute diese Prahlerei von »Americas Dairy Land« zu lesen ist, waren damals nicht vorherzusehen, nicht einmal von Professor Babcock.

Ebenfalls 1890 trieben die größten Kiefernholzflösse der Geschichte in Sichtweite meiner Eiche den Wisconsinfluss hinab, um ein Imperium roter Scheunen für die Kühe der Präriestaaten zu bauen. So kommt es, dass heute gutes Kiefernholz zwischen der Kuh und dem Schneesturm steht, genau wie meine gute Eiche zwischen dem Schneesturm und mir.

Pause!, ruft jetzt der Obersäger, und wir halten ein, um Atem zu schöpfen.

Nun frisst sich unsere Säge in die 1880er Jahre, in 1889, ein Dürrejahr, in dem erstmals der Tag des Baumes ausgerufen wurde; in 1887, als Wisconsin den ersten Wildhüter einstellte; in 1886, als die Landwirtschaftsschule den ersten Kurzlehrgang für Farmer abhielt; in 1885, dem ein Winter von »nie dagewesener Länge und Strenge« vorausgegangen war; in 1883, als Dekan W. H. Henry berichtete, dass die Frühlingsblumen in Madison dreizehn Tage später als sonst üblich blühten; in 1882, das Jahr, in dem der Lake Mendota nach dem historischen »Großen Schneefall« und der bitteren Kälte von 1881/82 mit einem Monat Verspätung auftaute. Ebenfalls 1881 debattierte die Landwirtschaftliche Gesellschaft von Wisconsin die Frage: »Wie erklären Sie die auffallend starke Naturverjüngung von Schwarzeichen der letzten dreißig Jahre in unserem Land?« Meine Eiche gehörte dazu. Einer der Debattierenden vermutete eine spontane Vermehrung, ein anderer hervorgewürgte Eicheln südwärts ziehender Täubern.

Pause!, ruft jetzt der Obersäger, und wir halten ein, um Atem zu schöpfen.

Jetzt schneidet unsere Säge in die 1870er Jahre, das Jahrzehnt der Weizenorgie in Wisconsin. Das böse

Erwachen kam 1879, als Raupen, Rostpilz und Bodenerschöpfung schließlich die Farmer von Wisconsin überzeugten, dass sie es in dem Spiel, das Land durch Weizenanbau zu ruinieren, nicht mit den unverbrauchten Prärien weiter westlich aufnehmen konnten. Ich habe den Verdacht, dass diese Farm ihren Teil zu dem Spiel beitrug und dass die Sanddüne genau nördlich von meiner Eiche ihren Ursprung einem übermäßigen Weizenanbau verdankt.

Dieses selbe Jahr, 1879, erlebte die ersten ausgesetzten Karpfen in Wisconsin und brachte auch die Quecke als blinden Passagier von Europa. Am 27. Oktober 1879 saßen sechs durchziehende Präriehühner auf dem Dachfirst der deutschen Methodistenkirche in Madison und blickten auf die wachsende Stadt. Am 8. November wurde berichtet, dass die Märkte in Madison mit Enten für 10 Cents das Stück überschwemmt seien.

1878 prophezeite ein Jäger aus Sauk Rapids: »Die Jäger werden zahlreicher sein als die Hirsche.« Am 10. September 1877 erlegten zwei Brüder am Muskego Lake an einem einzigen Tag 210 Blauflügelenten.

1876 war urkundlich nachgewiesen das nässeste Jahr; es regnete 1250 mm. Die Zahl der Präriehühner ging zurück, vielleicht wegen des vielen Regens. 1875 brachten Jäger in dem östlichen Bezirk York Prairie 153 Präriehühner um. Im selben Jahr setzte die US-Fischereibehörde Lachs aus dem Atlantik im Devil's Lake, 16 km südlich meiner Eiche, aus.

1874 wurde der erste maschinell hergestellte Stacheldraht an Eichbäumen befestigt; ich hoffe nur, dass keine solche Kunstprodukte in dem Eichenholz, an dem ich gerade säge, begraben sind!

1873 erhielt und vermarktete ein Chicagoer Unternehmen 25 000 Präriehühner. Die Händler in Chicago kauften zusammen 600 000 Stück zu 3,25 Dollar das Dutzend.

1872 wurde zwei Regierungsbezirke südwestlich von hier der letzte wilde Truthahn von Wisconsin getötet.

Es ist bezeichnend, dass das Jahrzehnt, das die Weizenorgie der Pioniere beendete, auch in einer Taubenblutorgie enden sollte. 1871 wurden in einem Dreieck von ca. 80 km Schenkellänge nordwestlich von meiner Eiche 136 Millionen nistende Tauben geschätzt, und einige davon mögen auf ihr ihre Nester gehabt haben, als sie ein sechseinhalb Meter hoher, heranwachsender junger Baum war. Scharen von Taubenjägern gingen mit Netzen und Flinten, Knüppeln und Salzlecken ihrem Gewerbe nach, und Waggonladungen künftiger Taubenpastete bewegten sich süd- und ostwärts in Richtung der Städte. Es war das letzte große Nisten in Wisconsin und fast das letzte in allen Staaten der USA.

Dasselbe Jahr, 1871, brachte weitere Beweise der

fortschreitenden Weltherrschaft: das Peshtigo-Feuer, das manche Landbezirke ohne Bäume und Ackerboden zurückließ, und das Chicago-Feuer, das durch den protestierenden Fußtritt einer Kuh ausgelöst worden sein soll.

1870 hatten die Wiesenmäuse ihren Eroberungszug bereits inszeniert: Sie fraßen die jungen Obstpflanzungen des jungen Staates leer, und dann starben sie. Meine Eiche haben sie nicht gefressen, ihre Rinde war schon zu zäh und zu dick für Mäuse.

Ebenfalls 1870 brüstete sich ein gewerbsmäßiger Schütze in der Jagdzeitschrift *American Sportsman* damit, während einer Saison in der Gegend von Chicago 6000 Enten getötet zu haben.

Pause!, ruft jetzt der Obersäger, und wir halten ein, um Atem zu schöpfen.

Nun frisst sich unsere Säge in die 1860er Jahre, als Tausende bei dem Versuch starben, die Frage zu klären, ob die Mensch-Mensch-Gemeinschaft leichtfertig zerstückelt werden soll. Sie klärten die Frage, sahen aber nicht, und auch wir sehen das noch nicht, dass sich dieselbe Frage für die Gemeinschaft von Mensch und Land stellt.

Dieses Jahrzehnt befand sich auf der tastenden Suche nach einem größeren Zusammenhang. 1867 brachte Increase A. Lapham die staatliche Gartenbaugesellschaft dazu, Preise für Forstpflanzungen auszusetzen. 1866 wurde der letzte Wisconsin-Wapiti getötet. Die Säge trifft jetzt 1865, das Kernjahr unserer Eiche. In diesem Jahr bat John Muir seinen Bruder, dem damals der elterliche Hof 48 km östlich von meiner Eiche gehörte, ihm ein Stück Land als Schongebiet für Wildblumen zu verkaufen, die ihn in seiner Jugendzeit erfreut hatten. Sein Bruder lehnte es ab, sich von dem Land zu trennen, aber er konnte die Idee nicht unterdrücken: 1865 steht in der Geschichte von Wisconsin immer noch als das Geburtsjahr der Gnade für naturhafte, wilde und freie Lebewesen.

Wir haben das Innerste durchtrennt. Unsere Säge eilt nun in entgegengesetzter Richtung durch die Geschichte; wir sägen nach außen zurück durch die Jahre auf die andere Seite des Stumpfes. Endlich geht ein Zittern durch den großen Stamm; die Sägekerbe weitet sich plötzlich; die Säge wird rasch herausgezogen, während die Sägemannschaft in sichere Entfernung zurückspringt; alle rufen »Timber!«, meine Eiche neigt sich, stöhnt und kracht mit erderschütterndem Donner hernieder. Dann liegt sie hingestreckt über die Einwandererstraße, die ihr einst zum Leben verhalf.

Nun kommt die Arbeit des Holzmachers. Klingend fällt der schwere Hammer auf die Stahlkeile, die die hochkant gestellten Stammteile zu duftenden Holzstücken spalten, die am Straßenrand aufgestapelt werden.

Für Historiker steckt ein Gleichnis in den unterschiedlichen Funktionen von Säge, Keil und Axt.

Die Säge arbeitet sich nur durch die Jahre, mit denen sie sich, eines nach dem anderen, der Reihe nach auseinandersetzen muss. Aus jedem Jahr sammeln die Sägezähne Tatsachensplitter, die zu kleinen Haufen werden, von den Holzfällern Sägemehl und von den Geschichtsschreibern Archive genannt; beide beurteilen die Wesensart dessen, was darin liegt, nach der Beschaffenheit der Stichproben, die auf diese Weise herausgebracht wurden. Der Baum fällt nicht bevor der Transversalschnitt vollendet ist, und der Stumpf ermöglicht einen Gesamtüberblick über ein Jahrhundert. Durch seinen Fall bestätigt der Baum die Einheit des Durcheinanders, das wir Geschichte nennen.

Der Keil funktioniert dagegen nur in strahlenförmigen Spalten. Ein solcher Spalt gibt eine Übersicht über alle Jahre gleichzeitig, oder gar keine, je nachdem, mit wie viel Geschick man die Spaltebene gewählt hat. (Im Zweifelsfall lasse man diesen Teil ein Jahr lang liegen, bis sich von selbst ein Riss zeigt. So mancher hastig getriebene Keil liegt rostend in den Wäldern, in unspaltbarem Hirnholz eingebettet.)

Die Axt wirkt im Winkel diagonal zu den Jahren, und auch das nur bei den peripheren Ringen der jüngeren Vergangenheit. Ihre Hauptaufgabe, für die Keil und Säge nicht zu gebrauchen sind, besteht darin, Zweige abzuschlagen.

Diese drei Werkzeuge sind notwendig für gute Eichen wie für gute Geschichte.

Über diese Dinge sinne ich nach, während der Kessel summt und die gute Eiche zu roten Kohlen auf weißer Asche verbrennt. Wenn der Frühling kommt, werde ich diese Asche zurückgeben an den Obstgarten am Fuße des Sandhügels, und ich werde sie wiederbekommen, vielleicht als rote Äpfel, vielleicht als Zeichen des unbewussten Unternehmungsgeistes eines fetten Oktober-Eichhörnchens, der es Eicheln pflanzen lässt.

März

Die Wildgänse kehren zurück

Eine Schwalbe macht noch keinen Sommer, aber ein Schwarm Wildgänse, der die Trübe des Tauwetters im März durchdringt – das ist der Frühling.

Ein Rotkardinal, der das Tauwetter als Frühling bejubelt, aber später merkt, dass er sich geirrt hat, kann seinen Irrtum gutmachen, indem er wieder still wird wie im Winter. Ein Streifenhörnchen, das für ein Sonnenbad herauskommt, aber einen Schneesturm vorfindet, braucht nur zurück ins Bett zu gehen. Eine ziehende Wildgans jedoch, die dreihundertzwanzig Kilometer Nachtflug absolviert, um eine offene Stelle im See zu finden, kann sich nicht so leicht zurückziehen. Ihre Ankunft trägt die Überzeugung eines Propheten in sich, der die Brücken hinter sich verbrannt hat.

Ein Märzmorgen ist nur so düster wie derjenige, der in ihm wandelt, ohne einen Blick zum Himmel zu werfen und die Ohren nach den Gänsen zu spitzen. Ich kannte einmal eine gebildete Dame, die Mitglied einer angesehenen Studentenverbindung war und mir sagte, dass sie noch nie die Wildgänse gehört oder gesehen hätte, die alljährlich zweimal den Wechsel der Jahreszeiten über ihrem wohlisolierten Dach ausrufen. Ist Bildung vielleicht ein Vorgang, bei dem man Erkenntnis gegen Dinge von geringerem Wert eintauscht? Die Wildgans, die das täte, wäre bald nur noch ein Haufen Federn.

Die Wildgänse, die die Jahreszeiten auf unserer Farm ausrufen, kennen viele Dinge, einschließlich der Jagdstatuten von Wisconsin. Die im November südwärts ziehenden Schwärme fliegen hoch und stolz, mit kaum einem Ruf des Wiedererkennens für ihre Lieblingsbänke und Moräste, über uns hinweg. Eine »Luftlinie« ist gekrümmt, verglichen mit ihrem unbeirrbaren Zielflug zum nächsten großen See 320 Kilometer weiter südlich, wo sie tagsüber auf dem weiten Gewässer umherlungern und nachts Mais von den gerade abgeernteten Feldern stibitzen. Novembergänse wissen, dass jeder Sumpf und Teich von der Morgen- bis zur Abenddämmerung von erwartungsvollen Flinten strotzt.

Bei den Märzgänsen ist das anders. Obwohl während des größten Teils des Winters auf sie geschossen wurde, wovon so manche schrotbeschädigte Schwungfeder Zeugnis ablegt, wissen sie, dass nun der Frühlingswaffenstillstand in Kraft ist. Sie folgen den Windungen des Flusses, gleiten im Tiefflug über die nun flintenfreien Landzungen und Inseln und schnattern jeder Sandbank wie einem langentbehrten Freund zu. Sie schweben niedrig über die Marschen und Wiesen und begrüßen alle frischgeschmolzenen Pfützen und Tümpel. Schließlich, nach einigen Proforma-Rundflügen über unserer Marsch, setzen sie zur Landung an und gleiten lautlos zum Teich hernieder, das schwarze Fahrgestell ausgefahren und die Rümpfe weiß gegen den Hügel. Haben sie erst das Wasser berührt, veranstalten unsere neuangekommenen Gäste ein Rufen und Planschen, das den letzten Wintergedanken aus den spröden Rohrkolben schüttelt. Unsere Gänse sind wieder daheim!

In diesem Augenblick wünsche ich mir von Jahr zu Jahr wieder, eine Bisamratte zu sein und bis zu den Augen im Sumpf zu stecken. Sobald die ersten Gänse eingetroffen sind, rufen sie jedem ziehenden Schwarm eine laute Einladung zu, und in wenigen Tagen ist die Marsch voll von ihnen. Auf unserer Farm messen wir den Reichtum des Frühlings mit zwei Maßstäben: der Anzahl der gepflanzten Kiefern und der Zahl der einfallenden Gänse. Unser Rekord sind 642 Wildgänse, gezählt am 11. April 1946.

Wie im Herbst machen auch unsere Frühlingsgänse ihre täglichen Ausflüge zum Mais, diesmal aber ohne sich heimlich bei Nacht hinausstehlen zu müssen. Die Gruppen bewegen sich tagsüber geräuschvoll zu und von den Stoppelfeldern. Jedem Abflug geht eine laute Geschmacksdebatte voraus und jeder Rückkehr eine noch lautere. Wenn sich die heimgekehrten Scharen ganz zu Hause fühlen, unterlassen sie ihr Proforma-Kreisen über der Marsch. Sie taumeln vom Himmel wie Ahornblätter, gleiten nach rechts und links zur Seite, um an Höhe zu verlieren, die Füße den Willkommensrufen von unten entgegengespreizt. Ich nehme an, dass sich das anschließende Geschnatter um die Vorzüge der Mahlzeit vom Tage dreht. Sie essen nun den übrig gebliebenen Mais, den die Schneedecke während des Winters vor Krähen, Baumwollschwanzkaninchen, Wiesenmäusen und Fasanen, die danach suchten, geschützt hat.

Es ist eine auffallende Tatsache, dass die von Wildgänsen gewählten Maisstoppelfelder meist solche sind, die auf der ehemaligen Prärie gründen. Kein Mensch weiß, ob diese Vorliebe für Präriemais dessen besonders hohem Nährwert zuzuschreiben ist oder einer vorväterlichen Tradition, die seit den Prärietagen von Generation zu Generation weitergegeben wurde. Vielleicht spiegelt sie auch die einfachere Tatsache wider, dass die Präriemaisfelder meist groß sind. Wenn ich die aufgeregten Debatten verstehen könnte, die diesen täglichen Maisausflügen vorausgehen und folgen, könnte ich wahrscheinlich bald den Grund für die Prärie-Vorliebe erfahren. Aber das kann ich nicht, und so bin ich damit zufrieden, dass es ein Geheimnis bleibt. Wie langweilig wäre die Welt, wenn wir alles über Wildgänse wüssten!

Wenn man so die tägliche Routine einer Versammlung von Frühlingsgänsen beobachtet, fällt einem die große Zahl von Einzeltieren auf – einsame Wildgänse, die viel umherfliegen und Selbstgespräche führen. Man möchte ihren Rufen geradezu einen untröstlichen Klang zuschreiben und zu dem Schluss kommen, sie seien Witwer mit gebrochenen Herzen oder Mütter, die nach verlorenen Kindern suchen. Der erfahrene Ornithologe weiß jedoch, dass eine derartige subjektive Interpretation des Verhaltens der Vögel riskant ist. Ich habe lange versucht, der Frage aufgeschlossen gegenüberzustehen.

Nachdem meine Studenten und ich sechs Jahre lang die Anzahl der Wildgänse in einem Schwarm gezählt hatten, fiel unerwartet etwas Licht auf die Bedeutung der einsamen Gänse. Durch mathematische Analyse stellten wir fest, dass Gruppen von sechs oder einem Vielfachen von sechs weit häufiger waren, als dass es hätte Zufall sein können. Mit anderen Worten, Gänsetrupps sind Familien oder Ansammlungen von Familien, und einsame Wildgänse im Frühling sind wahrscheinlich genau das, was unsere sympathievollen Vermutungen gleich zu Anfang nahegelegt hatten. Sie sind verwaiste Überlebende der Winterjagd, die vergebens nach ihren Angehörigen suchen. Nun kann ich vorbehaltlos mit den und um die einsamen Wildgänse trauern.

Es kommt nicht oft vor, dass die stocknüchterne

Mathematik die gefühlvollen Eingebungen eines Vogelfreundes bestätigt.

Wenn es an Aprilabenden warm genug ist, um draußen zu sitzen, lauschen wir gern dem Fortgang der Versammlung im Marschland. Es gibt lange Perioden der Stille, in denen nur das Quorren der Schnepfe, das Heulen einer Eule in der Ferne oder das nasale Glucken eines verliebten Blässhuhns zu hören ist. Dann plötzlich ertönt ein greller Ruf, und sofort antwortet ein Höllenlärm. Dann folgt das Schlagen von Schwungfedern auf dem Wasser, ein Ansturm dunkler Körper, die von schäumendem Paddeln vorangetrieben werden, und ein allgemeines Geschrei der Zuschauer einer heftigen Fehde. Schließlich hat ein Rufer mit tiefer Stimme das letzte Wort, und der Lärm verebbt zu dem kaum wahrnehmbaren Geplapper, das unter Gänsen selten aufhört. Wieder einmal wünsche ich mir, eine Bisamratte zu sein!

Wenn erst die Küchenschellen in voller Blüte stehen, schwindet unsere Gänseversammlung, und noch vor Mai ist unsere Marsch wieder lediglich eine grasbedeckte Nässe, die nur von Rotschulterstärling und Rallen belebt ist.

Es ist eine Ironie der Geschichte, dass die Großmächte erst 1943 in Kairo die Einheit der Nationen entdecken sollten. Die Wildgänse der Welt wussten das längst, und alljährlich im März verwetten sie ihren Kopf auf diese Grundwahrheit.

Am Anfang gab es nur die Grundwahrheit der Eisdecke, dann folgte die Einheit des Tauwetters im März und der Wallfahrt internationaler Wildgänse nach Norden. In jedem März seit der Eiszeit haben die Wildgänse »Einheit« geschnattert – vom Gelben Meer bis zur sibirischen Steppe, vom Euphrat zur Wolga, vom Nil bis Murmansk, von Lincolnshire bis Spitzbergen. In jedem März seit der Eiszeit schnatterten sie dasselbe – von Currituck bis Labrador, von Matamuskeet bis Ungava, vom Horseshoe Lake zur Hudsonbai, vom Panhandle bis zum Mackenzie, vom Sacramento bis zum Yukon.

Durch diesen internationalen Handelsverkehr der Wildgänse wird der Maisabfall von Illinois durch die Wolken zu den arktischen Tundren getragen und verbindet sich dort mit dem Überfluss des Sonnenlichts in einem nachtlosen Juni, um Gänseküken für alle dazwischenliegenden Gebiete aufwachsen zu lassen. Und in diesem alljährlichen Austausch von Nahrung gegen Licht und Wärme im Winter und gegen Einsamkeit im Sommer erhält der ganze Kontinent als Reingewinn ein wildes Gedicht, das aus trübem Himmel auf den Schlamm des März niederfällt.

April

Wenn das Hochwasser kommt

Die gleiche Logik, die große Flüsse immer an großen Städten vorbeifließen lässt, verursacht, dass billige Farmen mitunter durch Frühjahrsüberschwemmungen eingeschlossen werden. Wir haben eine billige Farm, und manchmal, wenn wir sie im April besuchen, werden wir von der Außenwelt abgeschnitten.

Nicht genau, aber innerhalb gewisser Grenzen kann man nach der Wettervorhersage abschätzen, wann der Schnee im Norden schmelzen wird. Und man kann auch beurteilen, wie viele Tage die Flut brauchen wird für ihren Spießrutenlauf durch die Städte am Oberlauf des Flusses. Wenn es dann Sonntagabend wird, müsste man zurück in die Stadt und zur Arbeit, aber man kann nicht. Wie süß murmeln die Flutwasser, wenn sie Beileid heucheln für den Schaden, den sie für die Termine am Montagmorgen angerichtet haben! Tief und sonor sind die Rufe der Gänse, wenn sie ein Maisfeld nach dem anderen überfliegen, von denen jedes im Begriff steht, zu einem See zu werden. Alle hundert Meter versucht eine andere Gans mit harten Flügelschlägen die Führung der Staffel bei der morgendlichen Erkundung dieser neuen und wässrigen Welt zu erkämpfen.

Die Begeisterung der Wildgänse für Hochwasser ist eine subtile Angelegenheit. Man übersieht sie leicht, wenn man mit Gänsegeschnatter nicht vertraut ist. Die Begeisterung von Karpfen für Hochwasser ist offensichtlich und unmissverständlich. Sobald die steigende Flut die Graswurzeln benetzt, kommen sie heran. Sie wühlen und wälzen sich mit der Wollust von Schweinen, die auf die Weide gelassen werden, sie lassen rote Schwänze und gelbe Bäuche aufblitzen, sie kreuzen Wagenspuren und Kuhpfade und schütteln Schilfrohr und Büsche bei der eiligen Erkundung ihres sich ausdehnenden Universums.

Anders als Wildgänse und Karpfen lassen die terrestrischen Vögel und Säugetiere das Hochwasser mit stoischer Gleichmütigkeit über sich ergehen. Ein Rotkardinal in der Krone einer Birke am Fluss pfeift laut sein Anrecht auf ein Territorium heraus, von dem, außer den Bäumen, nichts zu sehen ist. Ein Kragenhuhn trommelt aus den überfluteten Wäldern; es muss auf dem obersten Ende seines höchsten Trommelstammes sitzen. Wiesenmäuse ziehen schwimmend Kreise mit der ruhigen Sicherheit von Miniatur-Bisamratten. Aus dem Obstgarten springt ein Hirsch, der aus seinem gewohnten Tagesbett im Weidendickicht vertrieben wurde. Überall sind Kaninchen auszumachen, die ruhig auf unserem Hügel Quartier beziehen, der ihnen, da Noah nicht anwesend ist, als Arche dient.

Die Frühlingsflut bringt uns mehr als nur ein großes Abenteuer; sie bringt gleichfalls eine unvorhersehbare Mischung schwimmfähiger Objekte mit sich, die sie von den stromaufwärts gelegenen Höfen hat mitgehen lassen. Ein auf unserer Wiese gestrandetes Brett hat für uns den doppelten Wert wie ein gleiches Stück neu vom Holzhändler. Jedes alte Brett hat seine eigene, individuelle Geschichte, stets unbekannt, aber immer bis zu einem gewissen Grad zu erraten aus der Holzart, seinem Umfang, seinen Nägeln, Schrauben oder seiner Farbe, seiner Zurichtung oder ihrem Fehlen, seiner Abnutzung oder seinem Verfall. An den an Sandbänken abgeschliffenen Ecken und Enden kann man sogar abschätzen, wie viele Fluten es in den vergangenen Jahren getragen haben.

So ist unser Holzhaufen, der ausschließlich vom Fluss zusammengetragen wurde, nicht nur eine Sammlung von Persönlichkeiten, sondern auch eine Anthologie menschlichen Strebens aus den stromaufwärts gelegenen Farmen und Wäldern. Die Autobiographie eines alten Brettes ist eine Literaturform, die noch nicht an Universitäten gelehrt wird. Aber jedes Flussufer ist eine Bibliothek, in der jeder, der dort hämmert oder sägt, nach Belieben lesen kann. Hochwasser bringt stets neue Bücher.

Es gibt Abstufungen und unterschiedliche Formen von Einsamkeit. Die Insel in einem See ist eine Art. Aber auf Seen gibt es Boote, und eines könnte dich besuchen. Der Berggipfel in den Wolken ist eine andere, aber zu den meisten Gipfeln führen Pfade; Pfade sind begehbar. Ich kenne keine sicherere Einsamkeit als die von einer Frühjahrsflut bewachte. Auch die Wildgänse, die um mehr Formen und Intensitäten von Einsamkeit wissen als ich, kennen keine bessere.

So sitzen wir auf unserem Hügel neben einer gerade erblühten Küchenschelle und beobachten die vorüberziehenden Gänse. Ich sehe, wie unsere Straße sanft ins Wasser taucht, und beschließe (mit innerer Freude, aber äußerer Objektivität), dass die Frage des Verkehrs – hinein oder heraus – zumindest für diesen Tag nur unter den Karpfen zur Debatte steht.

Hungerblümchen

Jetzt wird innerhalb weniger Wochen das Hungerblümchen, die kleinste aller blühenden Blumen, jeden sandigen Platz mit winzigen Blüten überziehen.

Wer mit hoffnungsvollen, gen Himmel gerichteten Augen auf den Frühling wartet, sieht niemals so kleine Dinge wie das Hungerblümchen. Wer niedergeschlagenen Blickes den erwarteten Frühling fast aufgibt, tritt, ohne es zu merken, darauf. Wer mit den Knien im Schlamm nach dem Frühling sucht, findet es in Fülle.

Das Hungerblümchen verlangt und erhält nur eine kärgliche Zuteilung an Wärme und Behaglichkeit; es lebt von den Resten unerwünschter Zeit und unbenötigten Raumes. In Botanikbüchern bekommt es zwei oder drei Zeilen, aber niemals eine Tafel oder eine Abbildung. Sand, der zu karg, und Sonnenlicht, das zu schwach ist für größere, bessere Blüten, sind gut genug für das Hungerblümchen. Schließlich ist es keine Frühlingsblume, sondern nur das Postskriptum zu einer Hoffnung.

Das Hungerblümchen rührt nicht ans Innerste. Sein Duft, falls es denn einen hat, verliert sich in den Winden. Seine Farbe ist schlicht weiß. Seine Blätter tragen ein vernünftiges Wollmäntelchen. Niemand frisst es; es ist zu klein. Kein Dichter besingt es. Ein Botaniker gab ihm einst einen lateinischen Namen, und dann vergaß er es. Insgesamt ist es ohne Bedeutung – lediglich ein kleines Geschöpf, das seine bescheidene Aufgabe rasch und gut erfüllt.

Großblättrige oder Großfruchtige Eiche

Wenn Schulkinder einen Vogel, eine Blume oder einen Baum zum Staatssymbol wählen sollen, treffen sie keine Entscheidung; sie bestätigen nur die Geschichte. Und die Geschichte machte die Großfruchtige Eiche zum typischen Baum für Süd-Wisconsin, als die Präriegräser die Region erstmals in Besitz nahmen. Die Großfruchtige Eiche ist der einzige Baum, der einen Präriebrand überstehen und weiterleben kann.

Habt ihr euch einmal überlegt, warum eine dicke Kruste korkiger Rinde den ganzen Baum bedeckt, selbst an den kleinsten Zweigen? Dieser Kork ist ein Panzer. Großfruchtige Eichen waren die Stoßtrupps, die der vordringende Wald schickte, um die Prärie zu erstürmen; sie mussten dem Feuer widerstehen. In jedem April, bevor frische Gräser die Prärie mit unbrennbarem Grün bedeckt hatten, überzogen Brände willkürlich das Land und ließen nur solche alten Eichen stehen, deren Rinde zu dick zum Verbrennen war. Die meisten dieser Gehölze einzelner Veteranen, die die Pioniere als »Eichenlichtungen« kannten, bestanden aus Großfruchtigen Eichen.

Nicht die Ingenieure haben die Isolierung erfunden; sie haben sie diesen alten Soldaten des Präriekrieges abgeguckt. Botaniker können die Geschichte dieses zwanzigtausendjährigen Krieges lesen. Das Protokoll besteht zum Teil aus Pollen, die im Torf eingebettet sind, und zum Teil aus Überresten von Pflanzen, die als Nachhut der Schlacht eingeschlossen und dann vergessen wurden. Das Protokoll zeigt, dass die Waldfront einmal fast bis zum Oberen See zurückgewichen war, während sie ein anderes Mal weit nach Süden hinunter reichte. Zu dieser Zeit kam sie so weit südwärts voran, dass Fichten und andere »Nachhut-Arten« bis zur Südgrenze Wisconsins und darüber hinaus vordringen konnten; Fichtenpollen finden sich in einer bestimmten Torfschicht überall in der Gegend. Aber die meiste Zeit war die Kampflinie zwischen Prärie und Wald ungefähr dort, wo heute die Trennlinie ist, und alles in allem endete die Schlacht unentschieden.

Einer der Gründe dafür war, dass es Verbündete gab, die ihre Unterstützung erst der einen und dann der anderen Seite zukommen ließen. So hielten Kaninchen und Mäuse die Präriekräuter im Sommer kurz und benagten im Winter ringförmig jeden Eichensämling, der die Brände überlebt hatte, Eichhörnchen vergruben Eicheln im Herbst und fraßen sie während des restlichen Jahres. Junikäfer lockerten als Larven den Prärieboden, im Erwachsenenstadium aber entlaubten sie die Eichen. Ohne dieses Hüh und Hott der Verbündeten, die deshalb nie einen Sieg errangen, hätten wir heute das reiche

Mosaik von Prärie- und Waldböden nicht, das sich auf Landkarten so gut ausnimmt.

Jonathan Carver hinterließ eine lebhafte Schilderung der Präriegrenze in den Tagen vor der Besiedlung. Am 10. Oktober 1763 besuchte er die Blue Mounds, eine Gruppe hoher (heute bewaldeter) Hügel im Südwesten des Dane County. Er sagt: »Ich bestieg einen der höchsten Hügel dieser Gruppe und hatte eine umfassende Aussicht über das Land. Meilenweit war nichts zu sehen als kleinere Hügel, die aus der Ferne wie Heuhaufen aussahen, da sie unbewaldet waren. Nur wenige Hickorygehölze und verkrüppelte Eichen bedeckten einige der Täler.«

1840 mischte sich ein neues Wesen, der Siedler, in die Prärieschlacht ein. Er tat das unabsichtlich, indem er nur genügend Felder pflügte, um der Prärie ihren uralten Verbündeten zu nehmen: das Feuer. Seitdem tummelten sich Legionen von Eichensämlingen im Grasland, und was einmal die Prärieregion gewesen war, wurde ein Gebiet bewaldeten Farmlands. Wer diese Geschichte bezweifelt, soll gehen und die Ringe einer beliebigen Gruppe von Baumstümpfen in irgendeinem Waldstück auf einem Hügelkamm in Südwest-Wisconsin zählen. Alle Bäume außer den ältesten Veteranen gehen zurück auf die 1850er und die 1860er Jahre, und das war die Zeit, als die Präriebrände aufhörten.

In dieser Zeit, als die neuen Wälder die alten Prärien verdrängten und die Eichenlichtungen im Dickichten aus Grünholz versanken, wuchs John Muir im Marquette County auf. In seinem Buch *Knabenzeit und Jugend* erinnert er sich:

»Die durchgehend fruchtbaren Böden der Prärien von Illinois und Wisconsin förderten den hohen und dichten Graswuchs und damit die Brände, sodass dort kein Baum wachsen konnte. Ohne diese Brände wären diese Prärien, die ein so markantes Charakteristikum des Landes sind, von dichtesten Wäldern bedeckt gewesen. Sobald die Eichenlichtungen besiedelt waren und die Farmer die Lauffeuer der Prärie unterbunden hatten, wurzelten Bäume und bildeten hohe Dickichte, so dicht, dass man nur schwer hindurchgehen konnte und jede Spur sonniger Eichenlichtungen verschwand.«

Wer eine solche Großfruchtige Eiche besitzt, hat mehr als nur einen Baum. Er hat eine historische Bibliothek und einen reservierten Platz im Evolutionstheater. Für sein sehendes Auge ist die Farm ausgezeichnet mit dem Abzeichen und Symbol des Präriekrieges.

Himmelstanz

Ich besaß meine Farm schon seit zwei Jahren, ehe ich bemerkte, dass über meinen Wäldern jeden

Abend im April und Mai der Himmelstanz zu sehen war. Seit ich ihn entdeckte, haben meine Familie und ich versucht, auch nicht eine einzige Vorstellung zu verpassen.

Die Show beginnt am ersten warmen Abend im April pünktlich um 18:50 Uhr. Der Vorhang hebt sich täglich eine Minute später, bis die Vorstellung am 1. Juni erst um 19:50 Uhr beginnt. Diese gleitende Skala wird von Eitelkeit diktiert, der Tänzer verlangt eine romantische Beleuchtung von genau 0.05 Candela. Kommt nicht zu spät und sitzt still, sonst fliegt er beleidigt davon.

Theaterrequisiten und Zeitpunkt der Vorstellung spiegeln die launigen Ansprüche des Darstellers wider. Die Bühne muss ein offenes Amphitheater im Wald oder Gebüsch sein, und in der Mitte muss sie einen Moosflecken, einen Sandstreifen, ein Stück nackten Fels oder einen unbewachsenen Weg haben. Anfangs war mir nicht klar, warum der Waldschnepfenhahn so versessen auf einen kahlen Tanzboden war, aber heute denke ich, dass es mit den Beinen zu tun hat. Die Beine der Waldschnepfe sind kurz, und der Hahn kann in dichtem Gras oder Unkraut nicht wirkungsvoll stolzieren. Auch könnte seine Dame sie da nicht gut sehen. Ich habe mehr Waldschnepfen als die meisten Farmer, weil ich mehr bemoosten Sand habe, der zu karg ist für Grasbewuchs.

Wenn ihr den Ort und die Zeit kennt, setzt euch

unter einen Busch östlich vom Tanzboden und wartet, damit ihr gegen den Sonnenuntergang die Ankunft des Schnepfenhahns seht. Er fliegt in geringer Höhe aus einem benachbarten Dickicht ein, geht auf dem kahlen Moos nieder und beginnt sofort mit dem Vorspiel: einer Reihe von eigentümlichen Kehllauten – dem Quorren – im Abstand von etwa zwei Sekunden, das dem Sommerruf der Falkennachtschwalbe sehr ähnlich ist.

Plötzlich hört das Quorren auf, und der Vogel flattert in einer Serie weiter Kreise himmelwärts, wobei er ein musikalisches Meckern hören lässt. Immer höher steigt er, die Kreise werden steiler und enger, das Meckern wird lauter und lauter, bis der Darsteller nur noch ein Punkt am Himmel ist. Dann, ohne Warnung, taumelt er wie ein abstürzendes Flugzeug erdwärts, mit sanften, fließenden Tönen, um die ihn ein Hüttensänger im März beneiden würde. Kurz über dem Boden fängt er sich ab und kehrt zu seinem Balzplatz zurück, meist genau zu der Stelle, wo die Vorstellung begann, und setzt sein Imponiergehabe fort.

Bald ist es zu dunkel, um den Vogel am Boden zu erkennen, aber ihr könnt seinen Flug gegen den Himmel noch eine Stunde lang sehen, so lange dauert die Show für gewöhnlich. In mondhellen Nächten jedoch kann sie, mit Unterbrechungen, fortdauern, solange der Mond scheint.

Bei Tagesanbruch wird die ganze Show wiederholt. Anfang April fällt der letzte Vorhang um 5:15 Uhr; die Zeit verkürzt sich um zwei Minuten täglich, bis die letzte Vorstellung für dieses Jahr um 3:15 Uhr endet. Warum die Zeitverschiebung in gleitender Skala? Nun ja, ich fürchte, selbst romantische Gefühle ermüden, denn um in der Morgendämmerung den Himmelstanz zu beenden, braucht es nur ein Fünftel des Lichts, das für den Balzbeginn bei Sonnenuntergang nötig ist.

Vielleicht ist es gut, dass man unabhängig davon, wie eifrig man die unzähligen kleinen Theaterstücke der Wälder und Wiesen studiert, niemals alle Einzelheiten von auch nur einem dieser Stücke erfahren kann. So weiß ich über den Himmelstanz eines noch nicht: Wo ist die Dame, und welche Rolle spielt sie, falls sie eine spielt? Oft sehe ich zwei Waldschnepfen auf einem Balzplatz, und manchmal fliegen die beiden zusammen, aber nie quorren sie gemeinsam. Ist der zweite Vogel das Weibchen oder ein rivalisierendes Männchen?

Eine weitere Unbekannte: Wird das Meckern über die Stimmbänder oder mechanisch erzeugt? Mein Freund Bill Feeney hat einmal ein Netz über einen meckernden Vogel geworfen und seine äußeren Schwungfedern entfernt; danach hat der Vogel zwar noch gequorrt und getrillert, aber nicht mehr gemeckert. Ein einziges solches Experiment ist jedoch kaum schlüssig.

Und noch eine *Unbekannte*: Bis zu welcher Nistphase setzt das Männchen den Himmelstanz fort? Meine Tochter sah einmal einen quorrenden Vogel achtzehn Meter von einem Nest entfernt, das bebrütete und leergeschlüpfte Eierschalen enthielt, aber war dies auch das Nest seines Weibchens? Oder ist dieser verstohlene Geselle womöglich Bigamist, ohne dass wir es je herausgefunden haben? Diese und viele andere Fragen bleiben Geheimnisse der zunehmenden Dämmerung.

Das Theater Himmelstanz wird allabendlich auf Hunderten von Farmen gespielt, deren Eigentümer sich nach Unterhaltung sehnen, aber der Illusion erliegen, man müsse diese im Theater suchen. Sie leben auf dem Land, aber nicht mit dem Land.

Die Waldschnepfe ist die lebende Widerlegung der Theorie, dass die Daseinsberechtigung eines Waldvogels darin besteht, als Zielscheibe zu dienen oder anmutig auf einer Scheibe Toast zu posieren. Niemand würde im Oktober lieber auf Schnepfenjagd gehen als ich, aber seit ich den Himmelstanz kenne, sage ich mir, dass ein oder zwei Vögel genug sind. Ich muss sicher sein, dass im nächsten April kein Mangel an Tänzern am Abendhimmel herrscht.

Mai

Zurück aus Argentinien

Wenn der Löwenzahn das Zeichen des Mai auf das Weideland in Wisconsin gesetzt hat, wird es Zeit, dem endgültigen Beweis für die Ankunft des Frühlings zu lauschen. Setzt euch auf ein Grasbüschel, spitzt die Ohren himmelwärts, filtert den tollen Lärm der Lerchen- und Rotschulterstärlinge aus, und bald könnt ihr ihn hören: den Zuggesang des Prärieläufers, der gerade aus Argentinien zurückgekommen ist.

Wenn ihr gute Augen habt, könnt ihr den Himmel absuchen und ihn sehen, wie er mit schlagenden Flügeln in den wolligen Wolken kreist. Ist eure Sehkraft schwach, versucht es gar nicht erst; schaut nur auf die Zaunpfähle. Bald wird euch ein silberner Blitz sagen, auf welchem Pfahl der Prärieläufer gelandet ist und seine langen Schwingen zusammengefaltet hat. Wer auch immer das Wort »Anmut« erfunden hat, muss das Zusammenfalten der Schwingen des Prärieläufers beobachtet haben.

Da sitzt er; sein ganzes Sein drückt aus, dass ihr nun an der Reihe seid, euch aus seinem Bereich zurückzuziehen. Die Grundbücher mögen versichern, dass euch diese Weide gehört, aber der Prärieläufer lässt solche banalen Realitäten nicht gelten. Er ist gerade 4000 Meilen geflogen, um einen Grundbucheintrag zu sichern, den er von den Indianern bekommen hat. Bis die jungen Prärieläufer flügge sind, gehört dieses Weideland ihm. Keiner darf es widerrechtlich betreten, ohne dass er protestiert.

Irgendwo in der Nähe bebrütet das Prärieläuferweibchen die vier großen, spitzen Eier, aus denen bald vier kleine Nestflüchter schlüpfen werden. Sobald ihr Flaum getrocknet ist, tummeln sie sich im Gras wie Mäuse auf Stelzen, wobei sie durchaus in der Lage sind, euren plumpen Fangversuchen zu entgehen. Nach dreißig Tagen sind die Küken ausgewachsen; kein anderes Federvieh entwickelt sich mit gleicher Geschwindigkeit. Im August haben sie ihr Flugexamen bestanden, und an kühlen Augustabenden könnt ihr ihre Pfeifsignale hören, wenn sie sich auf die Reise zur Pampa machen, um wieder die uralte Einheit des amerikanischen Kontinents zu beweisen. Die Solidarität in der Hemisphäre ist für Staatsmänner etwas Neues, nicht aber für die gefiederten Luftflotten.

Der Prärieläufer passt sich leicht an die landwirtschaftliche Kulturlandschaft an. Er folgt den schwarz-weiß gescheckten Büffeln, die heute auf seiner Prärie weiden, und hält sie für einen brauchbaren Ersatz für die früheren braunen. Er nistet in Heuwiesen ebenso wie auf Weideland, aber im Gegensatz zum ungeschickten Fasan entgeht er den Mähmaschinen. Lange vor der Heumahd sind die jungen Prärieläufer flügge und auf und davon. Auf dem Farmland hat der Prärieläufer nur zwei wirkliche Feinde: die Abwässer- und Drainagegräben. Vielleicht werden wir eines Tages herausfinden, dass dies auch unsere Feinde sind.

Zu Anfang des 20. Jahrhunderts gab es eine Zeit, in der die Farmen von Wisconsin beinahe ihren uralten Zeitmesser verloren hätten, als die Weiden im Mai in aller Stille ergrünten und die Augustabende keine gepfiffene Mahnung ob des bevorstehenden Herbstes brachten. Allgegenwärtiges Flintenpulver und der Reiz von Prärieläufer auf Toast für nachviktorianische Bankette hatten einen zu hohen Tribut gefordert. Der späte Schutz für die Zugvögel durch entsprechende Bundesgesetze kam gerade noch rechtzeitig.

Juni

Die Erlengabelung – ein Anglerparadies

Wir fanden den Hauptstrom so niedrig vor, dass die Bekassine dort umherplätscherte, wo im vorigen Jahr noch die Forellen-Stromschnellen waren, und so warm, dass wir in seine tiefste Stelle eintauchen konnten, ohne aufzujauchzen. Selbst nach unserem kühlenden Bad fühlten sich die Wasserstiefel wie heisse Teerpappe in der Sonne an.

Das abendliche Angeln erwies sich als ebenso enttäuschend wie diese Vorboten. Wir baten den Fluss um Forellen, und er gab uns Döbel. An diesem Abend saßen wir wegen der Moskitos im Rauch eines Ölpotts und besprachen den Plan für den nächsten Tag. Wir hatten 320 km heiße, staubige Straße hinter uns gebracht, um einmal wieder das ungestüme Zerren einer aus ihren Träumen aufgeschreckten Bach- oder Regenbogenforelle zu spüren. Doch es gab keine Forellen.

Aber dieser Fluss, so erinnerten wir uns jetzt, war verzweigt. Weit oben, im Quellgebiet, hatten wir einmal einen Arm gesehen, schmal und tief und von kaltem Quellwasser gespeist, das unter seinem dicht von Erlen gesäumten Ufer hervorsprudelte. Was würde eine auf ihr Wohl bedachte Forelle bei solchem Wetter tun? Genau das, was wir auch taten: stromaufwärts wandern.

In der Morgenkühle, als Hunderte von Weißkehlammern vergessen hatten, dass es je wieder anders als angenehm und kühl sein könnte, kletterte ich das betaute Flussufer hinab und watete in die Erlengablung. Eine Forelle sprang gerade flussaufwärts. Ich ließ langsam etwas Schnur schießen – wobei ich mir wünschte, dass sie immer so geschmeidig und trocken bleiben möge –, und nachdem ich die Entfernung mit ein oder zwei Probewürfen gemessen hatte, platzierte ich eine ermattete Mücke genau dreißig Zentimeter vor ihren letzten Strudel. Vergessen waren heiße Straße, Mücken, der schmachvolle Döbel. Gierig verschlang die Forelle den Köder, und kurz darauf hörte ich sie am Boden meines Fischkorbes im Bett nasser Erlenblätter zappeln.

Ein weiterer, wiewohl größerer Fisch hatte sich inzwischen im nächsten Kolk an der Oberfläche gezeigt. Das stille Wasser lag am äußersten Rand »möglicher Navigation«. Die Erlen bildeten an seinem oberen Ende eine geschlossene Phalanx. Ein Busch stand mit seinem braunen Stamm in der Mitte der Strömung und schüttelte sich wie in stetem, stillen Gelächter, als wolle er jeder Fliege spotten, die

Götter oder Menschen ein paar Zentimeter jenseits seines äußersten Blattes werfen könnten.

Für eine Zigarettenlänge sitze ich auf einem Stein in der Mitte des Flusses und beobachte meine Forelle, wie sie unter ihren schützenden Busch schwimmt, während meine Angelrute und -schnur am sonnigen Ufer zum Trocknen an den Erlen hängen. Ich warte – vorsichtshalber – noch etwas länger. Dieser Kolk ist zu still. Aber jetzt kommt ein Lüftchen, das seine Oberfläche bald für einen Augenblick kräuseln könnte, wodurch der tadellose Wurf, mitten in sein Herz, noch tödlicher sein wird. Er wird kommen – ein Windstoß, stark genug, einen braunen Nachtfalter aus der lachenden Erle zu schütteln und auf den Kolk zu werfen.

Es ist soweit! Rolle die trockene Schnur auf und stelle dich mitten in den Fluss – die Angelrute in höchster Bereitschaft. Er kommt – ein leichtes, ahnungsvolles Zittern in dieser Espe auf dem Hügel lässt mich einen halben Wurf ausrollen, den ich sanft hin und her schwirren lasse, bereit für den Moment, wenn der Wind auf das Wasser trifft. Wohlgemerkt, nur die halbe Länge der Angelschnur! Die Sonne steht jetzt hoch, und jeglicher flimmernde Schatten von oben würde meinen Burschen vor seinem kommenden Schicksal warnen. Jetzt! Die letzten drei Meter schießen heraus, die Fliege fällt elegant zu Füssen der lachenden Erle – er beißt an! Ich halte starr fest, um ihn aus dem jenseitigen Dschungel herauszuhalten. Er schießt stromabwärts. Wenige Minuten später zappelt auch er im Fischkorb.

Ich sitze in glücklicher Meditation auf meinem Stein und sinne, während meine Schnur wieder trocknet, über Forellen und Menschen nach. Wie ähnlich sind wir den Fischen: bereit, nein, begierig, jede Neuheit zu ergreifen, die ein zufälliger Wind auf unseren Fluss der Zeit weht! Und wie bedauern wir unsere Eile, wenn wir merken, dass der goldene Fund einen Haken hat. Dennoch hat wohl auch die Begierde ihre guten Seiten, ob sich nun ihr Ziel als richtig oder als falsch erweist. Wie unendlich langweilig wären ein vollkommen kluger Mensch, eine solche Forelle oder Welt. Sagte ich vorhin, ich hätte »vorsichtshalber« noch etwas gewartet? Das stimmt nicht. Die einzige Vorsicht bei Anglern besteht darin, auf die nächste, vielleicht länger währende Chance vorbereitet zu sein.

Jetzt wird's aber Zeit – bald werden sie nicht mehr springen. Ich wate hüfttief zum oberen Ende des »Navigationsbereichs«, stecke meinen Kopf frech in die zitternde Erle und schaue hinein. Dschungel ist der richtige Ausdruck! Eine rabenschwarze Höhle, so dicht überwuchert von Grünzeug, dass man keinen Farn, geschweige denn eine Angelrute über den reißenden Tiefen schwingen könnte. Und da, ihre

Rippen fast am dunklen Ufer reibend, wendet sich träge eine große Forelle, während sie nach einem vorbeischwimmenden Käfer schnappt.

Keine Chance, mich an sie heranzupirschen, nicht einmal mit dem bescheidenen Wurm. Aber zwanzig Meter bachaufwärts blinkt heller Sonnenschein auf dem Wasser – noch eine offene Stelle. Mit einer trockenen Fliege stromab fischen? Wenig aussichtsreich, aber es muss versucht werden. Ich wate zurück und erklimme das Ufer. Bis zum Hals in Springkraut und Nesseln versunken, zwänge ich mich durch das Erlendickicht zu der oberen lichten Stelle. Mit katzenhafter Vorsicht, um das Bad ihrer Majestät nicht zu stören, steige ich ins Wasser und stehe dort fünf Minuten lang stocksteif, damit sich alles beruhigen kann. Derweil ziehe ich die Schnur heraus, öle und trockne sie und wickle zehn Meter davon um meine linke Hand. So weit bin ich vom Dschungel entfernt.

Nun zum großen Abenteuer! Ich puste meine Fliege an, um sie ein letztes Mal aufzuplustern, lege sie zu meinen Füßen auf das fließende Wasser und gebe rasch Schlinge um Schlinge der Schnur frei. Dann, als die Schnur sich streckt und die Fliege in den Dschungel gesogen wird, gehe ich rasch stromabwärts und versuche, ihr Schicksal in der dunklen Höhle zu verfolgen. Kleine Sonnenfleckchen geben die Sicht flüchtig frei und zeigen, dass sie noch unbehindert auf der Wasseroberfläche schwebt. Sie umrundet die Biegung. Schnell und lange bevor die durch meine Bewegung verursachte Trübung die List verraten hat, erreicht sie den schwarzen Kolk. Ich höre den Angriff des großen Fisches mehr, als ich ihn sehe. Ich schlage den Haken an und der Kampf beginnt.

Kein vernünftiger Mensch würde Fliege und Schnur im Wert von ein paar Dollar riskieren, um eine Forelle gegen die Strömung durch die Riesenzahnbürste von Erlenstämmen, die diese Flussbiegung einfassen, zu ziehen. Aber wie ich schon sagte, Angler sind nicht vernünftig. Nach und nach, mit viel Sorgfalt, bringe ich sie in offenes Wasser und schließlich in den Fischkorb.

Nun will ich bekennen, dass keine der drei Forellen geköpft oder zusammengefaltet werden musste, um in ihren Sarg zu passen. Nicht die Forellen waren groß, sondern das Glück. Voll war nicht mein Fischkorb, sondern mein Erleben. Wie die Weißkehlammern hatte ich vergessen, dass es jemals etwas anderes als kühlen Morgen an der Erlengabelung geben könnte.

Juli

Großartige Besitztümer

Einhundertzwanzig Morgen ist, nach Auskunft des Liegenschaftsbeamten des Regierungsbezirks, das Ausmaß meiner weltlichen Domäne. Aber der Liegenschaftsbeamte ist ein schläfriger Kerl, der nie vor neun Uhr in seine Bücher schaut. Was darin bei Tagesanbruch zu sehen wäre, ist unser Thema.

Grundbuch oder nicht, Tatsache ist – für meinen Hund und mich offenkundig –, dass bei Tagesanbruch alles Land, über das ich laufen kann, allein mir gehört. Nicht nur Grenzen verschwinden, sondern auch der Gedanke, eingegrenzt zu sein. Jede Morgendämmerung kennt Ausdehnungen, von denen Urkunde und Landkarte nichts ahnen. Abgeschiedenheit dehnt sich nach allen Seiten aus, soweit der *Tau* reicht.

Wie andere Großgrundbesitzer habe auch ich Pächter. Mit dem Pachtzins sind sie nachlässig, aber peinlich genau mit ihren Besitzansprüchen. Tatsächlich verkünden sie einander bei jedem Tagesanbruch von April bis Juli ihre Grenzen und bestätigen damit schlussendlich auch ihr Lehen an mich.

Dieses tägliche Ritual beginnt, im Gegensatz zu dem, was man annehmen möchte, nach strenger Etikette. Wer das Protokoll dafür ursprünglich niedergelegt hat, weiß ich nicht. Um 3:30 Uhr in der Frühe trete ich mit so viel Würde, wie ich an einem Julimorgen aufbringen kann, aus der Tür meiner Hütte – in jeder Hand meine Hoheitszeichen, eine Kaffeekanne und ein Notizbuch. Mit Blick auf den hell aufgehenden Morgenstern setze ich mich auf eine Bank. Die Kanne stelle ich neben mich. Aus der Brusttasche meines Hemdes ziehe ich einen Becher hervor und hoffe, dass keiner die unkonventionelle Art seines Transports bemerkt. Ich nehme meine Uhr heraus, gieße mir Kaffee ein und lege das Notizbuch aufs Knie. Das ist das Stichwort, die Proklamationen können beginnen.

Um 3:35 Uhr erklärt die am nächsten sitzende Feldammer mit klarer Tenorstimme, dass ihr das Kieferndickicht nach Norden bis zum Flussufer und südlich bis zur alten Wagenstraße gehört. Eine nach der anderen verkünden alle Feldammern in Hörweite ihre jeweiligen Grundbesitzansprüche. Es gibt keine Meinungsverschiedenheiten, zumindest nicht um diese Zeit. Also höre ich nur zu und hoffe innerlich, dass ihr Weibervolk diese glückliche Übereinstimmung über den *Status quo ante* ruhig hinnimmt.

Noch ehe die Feldammern mit ihren Erklärungen fertig sind, schmettert die Wanderdrossel in der großen Ulme ihren Anspruch auf die Astgabel samt Zubehör heraus, wo der Eissturm einen Zweig abgerissen hat (Zubehör bedeutet in diesem Fall, alle Regenwürmer in dem nicht allzu großen angrenzenden Wiesenstück).

Der anhaltende Gesang der Wanderdrossel weckt den Baltimoretrupial, der nun der Stärlingswelt kundtut, dass der herabhängende Ulmenast ihm gehört, zusammen mit allen faserhaltigen Wolfsmilchstengeln der näheren Umgebung, allen losen Fäden im Garten und der alleinigen Berechtigung, wie ein Blitz zwischen allen hin und her zu flitzen.

Meine Uhr zeigt 3:50 Uhr. Der Indigofink auf dem Hügel meldet sein Besitzrecht auf den abgestorbenen Eichenast an, der von der Dürre 1936 übrig geblieben ist, sowie auf verschiedene Käfer und Büsche in der Nähe. Er behauptet zwar nicht direkt, dass er das Recht hat, alle Hüttensänger an Bläue zu übertreffen sowie alle Dreimasterblumen, die ihre Gesichter der Morgendämmerung zugewandt haben, aber ich denke, er lässt es durchblicken.

Als Nächster explodiert des Zaunkönigs Gesang – es ist jener, der das Astloch in der Dachrinne der Hütte entdeckt hat. Ein halbes Dutzend anderer Zaunkönige erhebt seine Stimme, und nun herrscht ein Höllenlärm. Abendkernbeißer, Rotrücken-Spottdrosseln, Goldwaldsänger, Rotkehl-

Hüttensänger, Vireos, Grundammern, Rotkardinale – alle machen mit. Meine feierliche Auflistung der Sänger nach Reihenfolge und Zeitpunkt des ersten Liedes wird ungenau, wankt und endet schließlich, denn mein Ohr kann keine Prioritäten mehr herausfiltern. Außerdem ist die Kaffeekanne leer, un die Sonne will aufgehen. Ich muss meine Domäne inspizieren, bevor mein Besitzanspruch erlischt.

Wir ziehen los, der Hund und ich, aufs Geratewohl. Er hat all diesen akustischen Vorgängen knappe Höflichkeit gezollt, denn für ihn ist nicht Gesang, sondern Geruch der Beweis der Rechtsverhältnisse. Jedes ungebildete Federbündel, meint er, kann in einem Baum Krach machen. Jetzt wird er für mich die olfaktorischen Gedichte übersetzen, die wer weiß welche stillen Kreaturen in der Sommernacht geschrieben haben. Am Ende jedes Gedichts sitzt der Dichter – wenn wir ihn finden können. Was wir tatsächlich finden, übersteigt jede Erwartung: ein Kaninchen, das sich plötzlich woanders hinwünscht; eine Waldschnepfe, die durch Aufflattern ihren Widerspruch kundtut; einen Fasanenhahn, der ungehalten ist, weil er sich seine Federn im Gras nass gemacht hat.

Ab und zu stöbern wir einen Waschbären oder Nerz auf, die spät von der nächtlichen Futtersuche zurückkehren. Manchmal stören wir einen Reiher beim Fischen, oder wir überraschen eine Brautente mit ihrem Geleitzug von Küken, die mit Volldampf den Schutz der Wasserhyazinthen aufsuchen. Manchmal sehen wir Weißwedelhirsche, die zum Dickicht zurückbummeln, satt von Alfalfablüten, Ehrenpreis und Kanadischem Lattich. Häufiger sehen wir nur zusammenlaufende dunkle Spuren, die schleifende Hufe auf den seidigen Stoff des Taus gesetzt haben.

Jetzt kann ich die Sonne spüren. Dem Vogelchor ist die Luft ausgegangen. Klingende Kuhglocken in der Ferne verraten eine Herde auf dem Weg zur Weide. Ein Traktor heult auf und warnt mich, dass mein Nachbar auf den Beinen ist. Die Welt ist zu den kleinlichen Ausmaßen zusammengeschrumpft, wie sie ein Liegenschaftsbeamter kennt. Wir wenden uns Haus und Frühstück zu.

Präriegeburtstag

Zu jeder Woche zwischen April und September beginnen durchschnittlich zehn Wildpflanzen erstmals zu blühen. Im Juni können es sogar bis zu zwölf Arten an einem einzigen Tag sein, die ihre Knospen öffnen. Kein Mensch kann alle diese Geburtstage feiern, aber auch kein Mensch kann sie alle ignorieren. Wer im Mai auf Löwenzahn tritt, ohne ihn zu sehen, kann im August vom Blütenstaub der Goldrute eingeholt werden; wer den rötlichen Schimmer der Ulmen im April nicht sieht, mag mit seinem Auto im Juni auf den heruntergefallenen Schoten der Trompetenbäume ins Rutschen kommen. Sag mir, welchen Pflanzengeburtstag ein Mensch bemerkt, und ich sage dir einiges über seine Neigungen, seine Steckenpferde, seinen Heuschnupfen und den Stand seiner ökologischen Bildung.

Jedes Jahr im Juli beobachte ich gespannt einen bestimmten Landfriedhof, an dem ich auf dem Weg zu und von meiner Farm vorbeikomme. Es ist Zeit für einen Präriegeburtstag, und in einer Ecke dieses Friedhofs wohnt ein Überlebender dieser einst wichtigen und großen Feiern.

Es ist ein gewöhnlicher Friedhof, umpflanzt mit den üblichen Fichten, übersät mit den üblichen Grabsteinen aus rosa Granit oder weißem Marmor und jeder mit dem üblichen Sonntagsstrauß von roten oder rosa Geranien geschmückt. Seine Besonderheit besteht nur darin, dass er dreieckig statt quadratisch ist und im spitzen Winkel der Einfriedung ein kleines Stück ursprünglicher Prärie beherbergt, auf der dieser Friedhof in den 1840er Jahren errichtet worden war. Bis heute unerreicht von Sense oder Mäher, gebiert dieses Landstück ursprünglichen Wisconsins jedes Jahr im Juli einen mannshohen Stengel der Kompasspflanze, des sägezahnblättrigen *Silphium.* Sie ist voller untertassengroßer gelber Blüten ähnlich denen der Sonnenblume. Sie ist die einzige Pflanze ihrer Art an dieser Straße und vielleicht auch die einzige in der westlichen Hälfte unseres Bezirks. Wie tausend Morgen silphiumbestandener Prärie aussahen, als sie die Bäuche der Bisons kitzelten, ist eine Frage, die wohl nie wieder beantwortet und vielleicht nicht einmal mehr gestellt werden wird.

In diesem Jahr fand ich das Silphium erstmals am 24. Juli blühend vor, eine Woche später als gewöhnlich; in den letzten sechs Jahren hatte es immer ungefähr am 15. Juli zu blühen begonnen.

Als ich am 3. August wieder an dem Friedhof vorbeikam, hatten Straßenarbeiter die Einfriedung entfernt und das Silphium niedergemäht. Jetzt ist es einfach, die Zukunft vorherzusagen; einige Jahre lang wird mein Silphium vergeblich versuchen, über die Mähmaschine hinauszuwachsen, und dann wird es sterben. Mit ihm wird die Prärieepoche zu Ende gehen.

Die Straßenbehörde sagt, dass in den drei Sommermonaten, während denen das Silphium blüht, alljährlich 100 000 Autos die Straße befahren. In ihnen sitzen mindestens 100 000 Leute, die in der Schule einmal »gelernt« haben, was man Geschichte nennt, und vielleicht 25 000, die »gelernt« haben, was man Botanik nennt. Doch ich bezweifle, dass auch nur ein Dutzend von ihnen das Silphium gesehen hat, und kaum einer von ihnen wird dessen Ableben bemerken. Würde ich dem Pfarrer der anliegenden Kirche erzählen, dass die Straßenarbeiter auf seinem Friedhof mit dem Mähen des Unkrauts Geschichtsbücher verbrannt haben, würde er erstaunt und verständnislos reagieren. Wie kann Unkraut ein Buch sein?

Dies ist eine kleine Episode des Begräbnisses der heimischen Pflanzenwelt, die ihrerseits eine Episode des Begräbnisses der Flora der Welt ist. Der mechanisierte Mensch hat die Flora vergessen und ist stolz auf seinen Fortschritt beim Säubern der Landschaft, in der er wohl oder übel seine Tage beschließen muss. Vielleicht wäre es weise, ab sofort jegliches Lehren wirklicher Botanik und wirklicher Geschichte zu verbieten, damit nicht eines Tages ein Bürger Gewissensqualen ausstehen muss ob des Preises der Blumenwelt, mit dem er für sein gutes Leben bezahlt.

So kommt es, dass die Umgebung von Farmen als um so besser gilt, je ärmlicher ihre natürliche Pflanzenwelt ist. Meine eigene Farm habe ich ausgewählt, weil ihr genau dieser »Qualitätsmaßstab« fehlt und es in ihrer Umgebung keine Autostraßen gibt; tatsächlich liegt meine ganze Nachbarschaft unberührt von der Strömung des großen Flusses Fortschritt. Meine Straße ist die ursprüngliche Wagenspur der

Pioniere, ohne Bankette oder Befestigung, unberührt von Kehrmaschinen oder Erdbaggern. Meine Nachbarn bringen den Kreisbeamten zum Seufzen. Entlang ihrer Zäune wird jahrelang nicht gemäht. Ihre Marschen sind ohne Deich oder Drainage. Vor die Wahl zwischen Angeln oder Fortschritt gestellt, sind sie geneigt, das Angeln vorzuziehen. So ist mein floraler Lebensstandard an Wochenenden der der Hinterwäldler, während ich mich an Werktagen so gut wie möglich an die Flora der Universitätsfarmen, des Universitätsgeländes und der angrenzenden Vororte halte. Zum Zeitvertreib habe ich einmal während eines ganzen Jahrzehnts aufgezeichnet, wie viele Wildpflanzenarten in diesen beiden verschiedenen Gegenden zuerst blühten:

Erstmals blühend im	Vororte und Universitätsgelände	Hintenwaldfarm
April	14	26
Mai	29	59
Juni	43	70
Juli	25	56
August	9	14
September	0	1
Summe der visuellen Kost	120	226

Es ist offensichtlich, dass das Auge des Hinterwaldfarmers fast doppelt so gut bedient wird wie das des Studenten oder Geschäftsmannes. Doch keiner von ihnen nimmt seine Flora wirklich wahr, sodass wir vor den beiden bereits erwähnten Alternativen stehen: entweder die fortgesetzte Blindheit des Volkes zu tolerieren oder der Frage nachzugehen, ob wir nicht beides, Fortschritt und Flora, haben können.

Der Rückgang in der Flora Wisconsins wird verursacht von einer Kombination aus Flurbereinigung, Waldweide und guten Straßen. Jede dieser notwendigen Veränderungen erfordert natürlich eine stärkere Reduzierung des Landes, das den Wildpflanzen zur Verfügung steht, aber keine erfordert die Ausrottung von Arten auf Farmen, in Ortschaften oder Landkreisen oder zieht Nutzen daraus. Auf jeder Farm gibt es ungenutzte Stellen, und entlang jeder Autostraße findet sich ein ungenutzter Streifen. Haltet Kühe, Pflug und Mähmaschine von diesen ungenutzten Stellen fern, und die ganze einheimische Flora sowie Dutzende blinder Passagiere aus anderen Gegenden könnten zur normalen Umgebung jedes Bürgers gehören.

Ironischerweise weiß der bedeutendste Konservator der Prärieflora wenig über derartige Nichtigkeiten, und noch weniger kümmern sie ihn. Ich meine die Eisenbahn mit ihrem eingezäunten Wegerecht. Viele dieser Eisenbahnzäune wurden errichtet, bevor die Prärie umgepflügt worden war. Innerhalb dieser geradlinigen Reservate versprüht die Prärieflora noch immer ihren Farbkalender, von der rosa Riesenzyklame im Mai bis zur blauen Aster im Oktober, unberührt von Schlacken, Ruß und jährlichen Säuberungsfeuern. Ich habe mir lange gewünscht, einen hartgesottenen Eisenbahnpräsidenten mit dem leibhaftigen Beweis seiner Gutherzigkeit zu konfrontieren. Ich habe es nicht getan, weil ich bisher noch keinem begegnet bin.

Selbstverständlich verwenden die Eisenbahnen Flammenwerfer und chemische Spritzmittel, um die Gleise von Unkraut freizuhalten, aber die Kosten für diese aufwendigen Räumungsarbeiten sind noch zu hoch, um sie weiter über den eigentlichen Gleisbereich hinaus auszudehnen. Vielleicht blühen uns weitere Verbesserungen.

Die Ausrottung menschlicher Völker geht großenteils schmerzlos vor sich – für uns –, wenn wir nur wenig genug von ihnen wissen. Ein toter Chinese hat wenig Bedeutung für uns, deren Kenntnis des Chinesischen sich auf eine gelegentliche Mahlzeit von *Chow Mein* beschränkt. Wir trauern nur um das, was wir kennen. Die Ausrottung von Silphium im westlichen Dane County ist kein Grund zur Trauer, wenn man es nur als einen Namen aus einem Botanikbuch kennt.

Silphium wurde für mich erstmals zu einer Persönlichkeit, als ich versuchte, eines auszugraben, um es auf meine Farm zu bringen. Es war, als würde man eine Jungeiche ausgraben. Nach einer halben Stunde schweißtreibender Schmutzarbeit verbreiterte sich die Wurzel immer noch – wie eine riesige vertikale Süßkartoffel. Soweit ich mich erinnere, ging diese Silphiumwurzel glatt durch bis zum Grundgestein. Ich bekam kein Silphium, aber ich erfuhr, durch welche vollendete unterirdische Strategie das Silphium es fertigbringt, die Dürrezeiten der Prärie zu überstehen.

Als Nächstes pflanzte ich Silphium-Samen, die groß und fleischig sind und wie Sonnenblumenkerne schmecken. Sie gingen prompt auf, aber nach fünf Jahren des Wartens sind die Sämlinge noch immer im Jugendstadium und haben noch keine Blüten getragen. Vielleicht dauert es bei einer Silphiumpflanze ein Jahrzehnt, bis sie zu blühen beginnt; wie alt war dann meine Lieblingspflanze auf dem Friedhof? Sie könnte älter gewesen sein als der älteste Grabstein, der von 1850 datiert. Vielleicht sah sie die flüchtenden Black-Hawk-Indianer beim Rückzug von den Madison-Seen zum Wisconsin River; immerhin stand sie am Wege dieses berühmten Marsches. Bestimmt sah sie die Reihe der Beerdigungen der örtlichen Pioniere, wie sie, einer nach dem anderen, ihre letzte Ruhestätte unter dem Bartgras fanden.

Einmal sah ich, wie ein Löffelbagger beim Ausheben eines Straßengrabens die »Süßkartoffel«-Wurzel einer Silphiumpflanze durchtrennte. Die Wurzel trieb bald neue Blätter, und schließlich wuchs ihr wieder ein Blütenstengel. Das erklärt, warum diese Pflanze, die nie in Neuland eindringt, dennoch mitunter an kürzlich begradigten Straßenrändern zu sehen ist. Einmal gewachsen, widersteht sie fast jeder Verstümmelung außer fortgesetztem Grasen, Mähen oder Pflügen.

Warum verschwindet Silphium von Weideflächen? Ich sah einmal, wie ein Farmer seine Kühe auf eine jungfräuliche Präriewiese trieb, die zuvor nur hin und wieder zum Mähen von Wildheu genutzt worden war. Bevor überhaupt eine andere Pflanze sichtbar angeknabbert war, hatten die Kühe das Silphium bis zum Boden abgefressen. Man kann sich gut vorstellen, dass der Bison einst dieselbe Vorliebe für Silphium hatte, aber er musste sich keinen Zaun gefallen lassen, der sein Grasen den ganzen Sommer über auf eine Weide beschränkte. Kurz gesagt, der Bison weidete nicht ununterbrochen am selben Platz und war deshalb für das Silphium erträglich.

Eine gütige Vorsehung hat das Gefühl für Geschichte von den Tausenden von Tier- und Pflanzenarten ferngehalten, die einander vernichtet haben, um die heutige Welt zu bilden. Dieselbe gütige Vorsehung hält dieses Geschichtsgefühl nun von uns fern. Wenige trauerten, als der letzte Bison Wisconsin verlassen hatte, und wenige werden trauern, wenn ihm das letzte Silphium zu den saftigen Prärien in den ewigen Jagdgründen gefolgt ist.

August

Die grüne Weide

Manche Gemälde werden berühmt – da von Bestand –, weil sie von vielen aufeinanderfolgenden Generationen gesehen werden, in denen sich vermutlich jeweils ein paar verständnisvolle Betrachter finden.

Ich hingegen kenne ein derart vergängliches Bild, dass es selten überhaupt nur wahrgenommen wird, außer von einigen umherstreifenden Hirschen. Ein Fluss führt den Pinsel, und derselbe Fluss verwischt das Gemälde auch wieder, bevor ich meine Freunde herbeibringen kann, um mit ihnen sein Werk zu bewundern. Es kann dann nur noch vor meinem geistigen Auge bestehen.

Wie viele Künstler, ist mein Fluss launisch; man kann nicht Vorhersagen, wann ihn die Stimmung zu malen überkommt oder wie lange sie anhält. Aber im Mittsommer, wenn die große weiße Flotte an den makellos schönen Tagen über den Himmel zieht, lohnt es sich, zu den Sandbänken hinunter zu spazieren, um nachzusehen, ob er bei der Arbeit war.

Das Werk beginnt mit einem breiten Band von Schlamm, das dünn über den Sand einer zurückweichenden Uferlinie gepinselt wird. Während der Schlamm langsam in der Sonne trocknet, baden Goldzeisige in seinen Pfützen, und Weißwedel, Reiher, Regenpfeifer, Waschbären und Schildkröten überziehen ihn mit einem Netz von Fährten. In diesem Stadium lässt sich noch nicht beurteilen, ob mehr daraus wird.

Aber wenn ich sehe, wie das Schlammbad grün wird von Sumpfbinse, beginne ich sehr genau zu beobachten, denn das ist das Zeichen, dass der Fluss in Malstimmung ist. Fast über Nacht werden die Binsen zu einem dicken Rasen, so saftig und dicht, dass die Wiesenmäuse vom angrenzenden Oberland der Versuchung nicht widerstehen können. Sie ziehen scharenweise zu der grünen Weide und verbringen offenbar die Nächte damit, ihre Rippen an ihrer samtigen Tiefe zu reiben. Ein Labyrinth von säuberlichen Mäusepfaden verrät ihre Begeisterung. Die Hirsche gehen darin auf und ab, anscheinend nur aus Freude, es unter den Schalen zu fühlen. Selbst der häusliche Maulwurf hat seinen Tunnel durch die trockene Sandbank zu dem Binsenband gegraben, wo er die grüne Rasendecke nach Herzenslust hochheben und aufbuckeln kann.

In dieser Phase werden die Keimlinge von Pflanzen, die zu zahlreich zum Zählen und zu jung zum

Bestimmen sind, in dem feuchten, warmen Sand unter dem grünen Band lebendig.

Um das Gemälde zu genießen, lass dem Fluss noch drei Wochen Einsamkeit und gehe dann eines schönen Morgens zur Sandbank, gleich nachdem die Sonne den Nebel der Morgendämmerung geschmolzen hat. Der Künstler hat nun seine Farben aufgetragen und mit Tau fixiert. Der Binsenrasen, grüner denn je, ist jetzt übersät mit blauen Gauklerblumen, rosa Drachenkopf und den milchweißen Blüten von Pfeilkraut. Hier und da stößt eine Kolibriblume ihren roten Speer gen Himmel. Am oberen Ende der Sandbank stehen lila Herbstkornblumen und fahlrosa Wasserdost aufrecht vor der Weidenwand. Und wenn du leise und bescheiden gekommen bist, wie du zu jedem Flecken kommen solltest, der nur einmal so schön sein kann, wirst du vielleicht ein fuchsrotes Weißwedel überraschen, wie es knietief in seinem Paradiesgarten steht.

Kehre nicht zurück, um die grüne Weide ein zweites Mal zu betrachten, denn es wird keine mehr da sein. Entweder hat sie der fallende Wasserstand ausgetrocknet oder steigendes Wasser hat die Sandbank zu ihrer ursprünglichen Herbheit sauberen Sandes geschwemmt. Aber in deiner Erinnerung kannst du das Bild halten und hoffen, dass in irgendeinem Sommer der Fluss wieder in Malstimmung sein wird.

September

Das Chordickicht

Im September erfährt der Tagesanbruch nur wenig Unterstützung durch die Vogelwelt. Eine Singammer mag vereinzelt einen halbherzigen Gesang von sich geben, die Waldschnepfe vielleicht droben auf dem Weg zu ihrem Tagesdickicht zwitschern, ein Streifenkauz mag den nächtlichen Streit mit einem letzten unentschlossenen Ruf beenden, aber sonst haben nur wenige andere Vögel etwas zu sagen oder zu singen.

An manchen, nicht an allen dieser nebligen Tagesanbrüche im Herbst kann man den Chor der Wachteln hören. Die Stille wird plötzlich von einem Dutzend Altstimmen unterbrochen, die ihr Lob auf den kommenden Tag nicht länger zurückhalten können. Nach ein oder zwei kurzen Minuten bricht die Musik so plötzlich ab, wie sie begonnen hat.

Der Gesang verborgener Vögel hat einen besonderen Reiz. Singvögel, die von den höchsten Ästen schmettern, sind leicht zu sehen und ebenso leicht vergessen; sie haben die Mittelmäßigkeit des Offensichtlichen. Woran man sich erinnert, ist die Einsiedlerdrossel, die silberne Akkorde aus undurchdringlichen Schatten fließen lässt; der schwebende Kranich, der hinter einer Wolke trompetet; das Präriehuhn, dessen Balzlaute aus den Nebeln des Nirgendwo kommen; das Ave Maria der Wachtel in der Stille der Dämmerung. Kein Naturforscher hat den Chor jemals in Aktion gesehen, weil sich das Wachtelvolk noch auf seinem unsichtbaren Schlafplatz im Gras befindet und jeder Näherungsversuch zu Schweigen führt.

Im Juni ist es genau vorhersagbar, dass die Wanderdrossel zu singen beginnt, wenn die Lichtintensität 0,01 Candela erreicht und sich die Stimmen der übrigen Sänger in überschaubarer Reihenfolge anschließen. Im Herbst dagegen ist die Wanderdrossel still, und es ist nicht vorhersehbar, ob der Wachtelchor überhaupt stattfinden wird.

Die Enttäuschung, die ich an solch einem Morgen der Stille empfinde, zeigt vielleicht, dass Dinge, die man sich erhofft, einen größeren Wert haben als solche, die einem sicher sind. Die Hoffnung, Wachteln zu hören, lohnt es, ein halbes Dutzend Mal im Dunkeln aufzustehen.

Mein Farmgelände beherbergt im Herbst immer ein oder mehrere Wachtelvölker, aber der Choral zum Tagesanbruch kommt gewöhnlich aus der Ferne. Ich glaube, das hat seinen Grund darin, dass die Wachteln gern so weit wie möglich vom Hofhund entfernt übernachten, da dessen Interesse an ihnen noch glühender ist als mein eigenes. In einer Morgendämmerung im Oktober jedoch, als ich meinen Kaffee am Feuer im Freien schlürfte, brach der Chorgesang kaum einen Steinwurf entfernt los. Sie hatten im Dickicht einer Weymouthskiefer übernachtet, vielleicht um bei dem starken Tau trocken zu bleiben.

Wir fühlten uns geehrt durch diese Hymne zum Tagesanbruch, die fast vor unserer Tür angestimmt wurde. Mir schien, dass die herbstlich-blauen Nadeln dieser Kiefern von da an noch blauer und der rote Teppich aus Ackerbeeren unter ihnen noch intensiver leuchteten.

Oktober

Rauchfarbenes Gold

Es gibt zwei Arten von Jagd: die normale Jagd und die Jagd auf Kragenhühner.

Es gibt zwei Orte, um Kragenhühner zu jagen: normale Reviere und Adams County.

Es gibt zwei Zeiten, um in Adams County zu jagen: normale Zeiten und Zeiten, in denen die Lärchen rauchgoldfarben sind. Dies ist geschrieben für jene Glücklosen, die niemals mit leerer Flinte und offenem Mund dastanden und die goldenen Nadeln herunterrieseln sahen, während die gefiederte Rakete, die ihr Rieseln auslöste, unversehrt in den Banks-Kiefern verschwindet.

Die Lärchen wechseln ihre Farbe von grün zu gelb, wenn die ersten Fröste Waldschnepfen, Fuchsammern und Junkos aus dem Norden gebracht haben. Scharen von Wanderdrosseln holen die letzten weißen Beeren aus den Hartriegelbüschen und hinterlassen die leeren Zweige. Die Erlen am Bach haben ihre Blätter abgeworfen und geben hier und da den Blick auf Stechpalmen frei. Brombeeren leuchten und weisen euch den Weg zu den Kragenhühnern.

Der Hund kennt die Richtung zu den Kragenhühnern noch besser. Ihr tut gut, wenn ihr ihm dichtauf folgt und von der Stellung seiner Ohren die Geschichte ablest, die das Lüftchen ihm erzählt. Wenn er schließlich stocksteif steht und mit einem Seitenblick sagt: »So, fertig«, lautet die Frage: Fertig wofür? Für eine schnurrende Waldschnepfe oder das Rauschen eines abstreichenden Kragenhuhns oder vielleicht nur für ein Kaninchen? In diesem Augenblick der Ungewissheit liegt ein Großteil des Reizes der Jagd auf das Kragenhuhn. Wer unbedingt wissen muss, womit er zu rechnen hat, soll lieber Fasanen jagen.

Jagden sind von unterschiedlichem Reiz, und die Gründe dafür sind subtiler Natur. Die schönsten Jagden sind die »gestohlenen«, und um die zu finden, muss man entweder weit in die Wildnis hineingehen, wo noch keiner gewesen ist, oder einen unentdeckten Platz unter jedermanns Nase finden.

Nur wenige Jäger wissen, dass es in Adams County Kragenhühner gibt, denn wenn sie durchfahren, sehen sie lediglich Ödland mit Banks-Kiefern und Krüppeleichen. Das kommt daher, dass die Autostraße eine Reihe westwärts fließender Bäche kreuzt, von denen jeder aus einem Sumpf kommt, aber zum Fluss hin durch trockenes Sandland abfällt. Natürlich führt die Autostraße durch diese morastlosen

Sandgebiete nach Norden. Aber östlich oberhalb von ihr und direkt hinter einem Schutzschirm trockenen Gebüschs erweitert sich jedes Bachbett zu einem breiten Streifen von Sumpfland: für Kragenhühner ein wahrhaftiger Himmel.

Wenn es Oktober wird, sitze ich hier in der Abgeschiedenheit meiner Lärchen und höre die Wagen der Jäger die Straße hinaufbrausen, erpicht auf die nördlichen Landbezirke, wo es schon von Jägern wimmelt. Ich freue mich diebisch, wenn ich mir ihre tanzenden Tachometernadeln, ihre verkniffenen Gesichter, ihre begierigen, am nördlichen Horizont klebenden Augen vorstelle. Im Lärm ihres Passierens trommelt ein Kragenhahn seinen Hohn. Mein Hund grinst, als wir seine Richtung ausmachen. Der Bursche, sind wir uns einig, braucht etwas Bewegung; wir werden sofort nach ihm sehen.

Die Lärchen wachsen nicht nur im Sumpf, sondern auch am Fuße des angrenzenden Hochlandes, wo Quellen entspringen. Jede Quelle ist mit Moos überwuchert, das sumpfige Terrassen bildet. Ich nenne diese Terrassen die Hängenden Gärten, weil die gefransten Enziane aus diesem durchweichten Boden blaue Juwelen hervorgezaubert haben. Ein solcher Enzian im Oktober, bestäubt von Lärchengold, verdient ein Innehalten und einen ausführlichen Blick, selbst wenn der Hund Kragenhühner voraus anzeigt.

Zwischen jedem Hängenden Garten und dem Bachufer verläuft ein moosgepolsterter Wildwechsel, dem der Jäger bequem folgen und den das aufgescheuchte Kragenhuhn überqueren kann – im Bruchteil einer Sekunde. Offen ist, ob Vogel und Flinte darin übereinstimmen, wie die Sekunde aufzuteilen ist. Tun sie das nicht, findet der nächste vorüberkommende Weißwedelhirsch ein paar leere Patronenhülsen zum Beschnuppern, aber keine Federn.

Weiter bachaufwärts treffe ich auf eine verlassene Farm. Das Alter der jungen Banks-Kiefern, die sich über ein altes Feld verbreiten, zeigt, wie lange es her ist, seit der glücklose Farmer herausfand, dass Sandebenen Abgeschiedenheit hervorbringen, aber keinen Mais. Banks-Kiefern erzählen dem Unvorsichtigen Lügen, weil sie jedes Jahr mehrere Zweigquirle statt nur eines einzigen ansetzen. Ein besserer Zeitmesser ist der Ulmensämling, der jetzt das Scheunentor blockiert. Seine Ringe reichen zurück auf die Dürre von 1930. Seit diesem Jahr hat kein Mensch mehr Milch aus dieser Scheune getragen.

Ich überlege, woran diese Familie wohl dachte, als ihre Hypothek schließlich schneller wuchs als ihre Ernten und damit das Signal für ihre Vertreibung gab. Viele Gedanken fliegen wie Kragenhühner dahin und hinterlassen keine Fluchtspuren, andere hinterlassen Eindrücke, die die Jahrzehnte überdauern. Derjenige, der in einem unvergessenen April diesen Flieder gepflanzt hat, muss sich auf zukünftige Aprilblüten gefreut haben. Diejenige, die einmal dieses alte Waschbrett benutzt hat, dessen gewelltes Metall an vielen Montagen dünn geschrubbt wurde, mag sich das Ende aller Montage herbeigewünscht haben, und zwar bald.

Solchen Fragen nachhängend, werde ich gewahr, wie der Hund unten bei der Quelle lange Minuten geduldig vorsteht. Ich folge ihm und entschuldige mich für meine Unaufmerksamkeit. Eine Waldschnepfe schwebt davon wie eine Fledermaus, ihre lachsfarbene Brust durchtränkt von der Oktobersonne. Die Jagd ist dahin.

An einem solchen Tag ist es schwer, die Kragenhühner im Sinn zu behalten, weil es viel Ablenkung gibt. Ich kreuze eine Weißwedelhirschfährte im Sand und folge ihr in müßiger Neugier. Die Fährte führt geradewegs von einem Ceanothusbusch zum nächsten. Die angeknabberten Zweige zeigen, warum.

Das erinnert mich an mein eigenes Mittagsbrot, aber ehe ich es aus meiner Jagdtasche ziehen kann, sehe ich einen kreisenden Greif hoch am Himmel, der bestimmt werden muss. Ich warte, bis er eine Schleife fliegt und seinen roten Stoß zeigt.

Wieder lange ich nach meinem Mittagsbrot, aber

mein Blick fällt auf eine geschälte Pappel. Hier hat ein Weißwedelhirsch seinen juckenden Bast abgefegt. Wie lange ist das her? Das freiliegende Holz ist schon braun; daraus schließe ich, dass sein Geweih inzwischen blank sein dürfte.

Wieder lange ich nach meinem Mittagsbrot, werde aber durch einen aufgeregten Laut des Hundes und ein Knacken der Büsche im Sumpf unterbrochen. Ein Hirsch springt heraus, Wedel erhoben glänzendes Geweih, sein Fell leicht bläulich. Ja, die Pappel erzählte die Wahrheit.

Diesmal bekomme ich das Mittagsbrot ganz heraus und setze mich zum Essen nieder. Eine Schwarzkopfmeise beobachtet mich und denkt offensichtlich gerne an ihr eigenes Mittagessen zurück. Sie sagt nicht, was sie gegessen hat, vielleicht waren es kalte, aufgedunsene Ameiseneier oder ein anderes Vogeläquivalent für kaltes, gebratenes Kragenhuhn.

Nach dem Essen betrachte ich eine Phalanx junger Lärchen, die ihre goldenen Lanzen himmelwärts stoßen. Unter jeder von ihnen sind die gestrigen Nadeln zur Erde gefallen und bilden eine Decke von rauchfarbenem Gold, an jeder Spitze erwartet die Knospe von morgen, vorgeformt und ausgewogen, den nächsten Frühling.

Zu früh

Zu früh das Tagwerk zu beginnen ist eine Unart von Uhus, Sternen, Gänsen und Güterzügen. Einige Jäger übernehmen sie von den Gänsen und manche Kaffeekannen von den Jägern. Es ist merkwürdig, dass bei der Vielzahl von Geschöpfen, die irgendwann am Morgen aufstehen müssen, nur diese wenigen diese angenehmste und gleichzeitig unnützeste Zeit dafür entdeckt haben sollten.

Der Orion muss der ursprüngliche Mentor der Zu-früh-Gesellschaft gewesen sein, denn er ist es, der das Zu-früh-Aufstehen signalisiert. Es ist Zeit, wenn der Orion über den westlichen Zenit etwa so weit hinaus ist, wie man bei der Jagd auf eine Blauflügelente vorhalten muss.

Frühaufsteher fühlen sich wohl miteinander, vielleicht weil sie, im Gegensatz zu den Langschläfern, dazu neigen, ihre Erfolge herunterzuspielen. Der Orion, der am weitesten Gereiste, sagt buchstäblich nichts. Die Kaffeekanne untertreibt vom ersten sanften Glucksen an den Wert dessen, was in ihr steckt. Die Eule mit ihrem dreisilbigen Kommentar bagatellisiert die Geschichte ihrer nächtlichen Morde. Die Wildgans auf der Sandbank erhebt sich kurz zu einem Punkt der Tagesordnung in einer unhörbaren Gänsedebatte, ohne darauf anzuspielen, dass sie mit der Autorität aller fernen Hügel und der See spricht.

Der Güterzug ist, wie ich zugebe, hinsichtlich seiner eigenen Bedeutung kaum zurückhaltender, aber selbst er hat eine gewisse Bescheidenheit: Sein Blick richtet sich nur auf das eigene lärmende Geschäft, und niemals stürmt er das Lager anderer. Ich empfinde eine große Sicherheit ob dieser Einseitigkeit von Güterzügen.

Zu früh in der Marsch anzukommen bedeutet ein Abenteuer reinen Hörens; das Ohr kann sich nach Belieben den Geräuschen der Nacht hingeben, ohne Behinderung durch Hand oder Auge. Wenn ihr eine über ihre Suppe hörbar begeisterte Stockente wahrnehmt, dürft ihr euch zwanzig davon vorstellen, wie sie gierig in den Wasserlinsen futtern. Wenn eine Pfeifente schreit, könnt ihr von einem Geschwader ausgehen, ohne befürchten zu müssen, dass der Anblick euch später widerlegt. Und wenn eine Schar Veilchenenten, die teichwärts einfällt, die dunkle Seide des Himmels mit einem langen, donnernden Sturzflug zerreißt, lauscht atemlos, denn außer Sternen ist nichts zu sehen. Bei Tageslicht müsste die gleiche Vorstellung beobachtet, beschossen, verfehlt und dann rasch mit einem Alibi versehen werden. Auch könnte das Tageslicht nichts dem Bild vor eurem geistigen Auge hinzufügen, dem Bild von schlagenden Schwingen, die das Firmament sauber in zwei Hälften teilen.

Die Stunde des Lauschens endet, wenn das Flugwild auf lautlosen Schwingen größeren und sichereren Gewässern zustrebt, jede Schar ein leichter Schatten gegen den morgengrauenden Osten.

Wie viele andere Stillhalteabkommen dauert der Vordämmerungspakt so lange, wie die Dunkelheit den Arroganten bescheiden macht. Es scheint fast, als wäre die Sonne verantwortlich für das tägliche Verschwinden der Zurückhaltung in der Welt. Jedenfalls prahlt jeder Hahn nach Belieben, wenn die weißen Nebel über den Niederungen liegen, und jede Maisgarbe gibt vor, doppelt so groß zu sein wie jeder Mais, der jemals wuchs. Bei Sonnenaufgang übertreibt jedes Eichhörnchen jede eingebildete Beleidigung seiner Person, und jeder Blauhäher tut mit falscher Erregung Vermutungen über Gefahren für die Gesellschaft kund, die er gerade entdeckt hat. In der Ferne beschimpfen Krähen eine hypothetische Eule, nur um die Welt wissen zu lassen, wie wachsam Krähen sind, und ein Fasanenhahn, der vielleicht über seine Liebeleien vergangener Tage nachsinnt, schlägt die Luft mit seinen Flügeln und ruft der Welt eine Warnung zu, dass diese Marsch ihm gehört, einschließlich aller darin befindlicher Hennen.

Diese größenwahnsinnigen Vorstellungen sind

nicht etwa nur auf Vögel und andere Tiere beschränkt. Zur Frühstückszeit kommen die Schreie der Gänse, Hupen, Rufe und Pfiffe des erwachten Bauernhofes und schließlich, am Abend, das Gedröhn eines unbeaufsichtigten Radios. Dann geht alles zu Bett, um wieder den Lehren der Nacht zu lauschen.

Rote Laternen

Eine Methode, Kragenhühner zu jagen, besteht darin, sich einen auf Logik und Wahrscheinlichkeit basierenden Plan zu machen, wie das Terrain am besten zu bejagen ist. Das bringt euch zielsicher zu dem Gelände, wo die Vögel sein *sollten.*

Eine andere Möglichkeit besteht darin, ganz ziellos von einer roten Laterne zur nächsten zu wandern. Das wird euch wahrscheinlich dahin bringen, wo die Vögel tatsächlich *sind.* Die Laternen sind Brombeerblätter, rot in der Oktobersonne.

Rote Laternen haben meinen Weg auf mancher vergnügten Jagd in mancher Gegend beleuchtet, aber ich glaube, dass Brombeeren erstmals in den sandigen Gebieten Mittel-Wisconsins gelernt haben müssen, was Glühen bedeutet. Entlang der kleinen, sumpfigen Bäche dieses freundlichen Ödlands, von jenen arm genannt, deren eigenes Licht kaum flackert, brennen die Brombeeren an jedem sonnigen Tag vom ersten Frost an bis zum letzten Tag der Jagdzeit tiefrot. Jede Waldschnepfe und jedes Kragenhuhn hat sein privates Solarium unter diesem Gestrüpp. Die meisten Jäger wissen das nicht und verausgaben sich im dornlosen Buschwerk, kehren ohne Vögel nach Hause zurück und lassen uns andere in Frieden.

Mit »uns« meine ich die Vögel, den Bach, den Hund und mich. Der Bach ist träge; er schlängelt sich zwischen den Erlen, als würde er lieber verharren, als den Fluss zu erreichen. Mir geht es genauso. Jede seiner durch die Haarnadelkurven angedeuteten Unschlüssigkeiten bedeutet, dass noch viel mehr Bachufer mit Brombeergestrüpp an sumpfige Beete gefrorener Farne und Springkraut am schlammigen Grund angrenzen. Kein Kragenhuhn kann einem solchen Ort lange fernbleiben, und ich kann es ebenfalls nicht. So ist die Kragenhuhnjagd ein Spaziergang am Bach entlang, gegen den Wind, von einem Brombeergestrüpp zum nächsten.

Wenn der Hund sich dem Gestrüpp nähert, schaut er zurück, um sicher zu gehen, dass ich in Schussweite bin. Beruhigt rückt er mit verstohlener Behutsamkeit vor und filtert mit seiner feuchten Nase hundert Gerüche aus – um dieses einen willen, dessen mögliches Vorhandensein der ganzen Landschaft Leben und Bedeutung gibt. Er ist der

Schürfer der Luft, der beständig nach der Ader mit dem Geruchsgold sucht. Kragenhuhnduft ist der Goldstandard, der seine Welt mit der meinen verbindet.

Übrigens glaubt mein Hund, dass ich noch viel über Kragenhühner zu lernen habe, und da ich von Beruf Naturforscher bin, gebe ich ihm recht. Hartnäckig und mit der Ruhe und Geduld eines Professors der Logik erzieht er mich in der Kunst, aus einer gebildeten Nase Schlüsse zu ziehen. Allzu gerne sehe ich ihm zu, wie er beim Vorstehen eine Schlussfolgerung aus Informationen zieht, die für ihn offenkundig, für mein unbeholfenes Auge aber spekulativ sind. Vielleicht hofft er, sein dummer Schüler werde eines Tages das Riechen lernen.

Wie andere dumme Schüler weiß ich, wann der Lehrer recht hat, auch wenn ich nicht weiß, wieso. Ich überprüfe meine Flinte und gehe los. Wie jeder gute Lehrer lacht der Hund nicht, wenn ich vorbeischieße, was oft vorkommt. Er wirft mir nur einen langen Blick zu und geht weiter bachaufwärts auf der Suche nach einem anderen Kragenhuhn.

Wenn man einem dieser Ufer folgt, bewegt man sich in zwei Landschaften – der Hügelseite, von der aus man jagt, und der Talseite, in der der Hund jagt. Das Laufen auf dem weichen, trockenen Teppich von Bärlapp, um Vögel aus dem Sumpf zu scheuchen, hat einen besonderen Zauber, und der erste Test für einen Hühnerhund ist seine Bereitwilligkeit, die nasse Arbeit zu übernehmen, während man selbst parallel zu ihm auf dem trockenen Ufer geht.

Ein besonderes Problem entsteht, wenn sich der Erlengürtel verbreitert und der Hund außer Sicht gerät. Eile sofort zu einem kleinen Hügel oder einer Landzunge, wo du stocksteif stehenbleibst und Auge und Ohr anstrengst, um dem Hund zu folgen. Ein plötzliches Auseinanderstieben von Weißkehlammern kann seinen Standort verraten. Es kann auch sein, dass du hörst, wie er einen Zweig bricht oder im Nassen plantscht oder in den Bach plumpst. Aber wenn es absolut still wird, sei bereit, sofort einzugreifen, denn wahrscheinlich steht er vor. Jetzt lausche auf das glucksende Geräusch, das ein verängstigtes Kragenhuhn unmittelbar vor dem Auffliegen von sich gibt. Dann saust der Vogel raus, oder vielleicht zwei – ich habe bis zu sechs erlebt, einer nach dem anderen glucksend und auffliegend, jeder hoch dahinsegelnd zu seinem Ziel im Hochland. Ob man in Schussweite steht, ist natürlich Glücksache – wenn ihr Zeit habt, könnt ihr die Chance berechnen: 360 Grad geteilt durch 30, oder welchen Radius eine Flinte abdeckt. Teilt wieder durch 3 oder 4, das ist eure Fehlquote, und ihr habt die Wahrscheinlichkeit der tatsächlichen Federn am Jägerhut.

Die zweite Prüfung für einen guten Hühnerhund besteht darin, ob er nach einem solchen Zwischenfall für neuerliche Anweisungen zur Stelle ist. Setzt euch nieder und besprecht es mit ihm, während er hechelt. Dann sucht die nächste rote Laterne und jagt weiter.

Die Oktoberbrise bringt meinem Hund noch viele weitere Düfte als nur die der Kragenhühner, und jeder von ihnen kann zu eigenen, besonderen Erlebnissen führen. Wenn der Hund mit einer gewissen humorigen Ohrstellung vorsteht, weiß ich, dass er ein Kaninchen in der Sasse gefunden hat. Einmal brachte ein todernstes Vorstehen keinen Vogel, dennoch stand der Hund wie angewurzelt; in einem Seggen-Busch, unter seiner Nase, schlief ein fetter Waschbär, der sich seinen Anteil an der Oktobersonne holte. Wenigstens einmal bei jeder Jagd stellt der Hund einen Skunk, für gewöhnlich in einem außerordentlich dichten Brombeergebüsch. Einmal stand der Hund in der Flussmitte vor; ein Schwirren von Schwingen flussaufwärts, gefolgt von drei melodischen Rufen, sagte mir, dass er das Abendessen einer Brautente gestört hatte. Nicht selten findet er Bekassinen in stark mit Weideland durchsetzten Erlenbeständen, und schließlich mag er ein Weißwedel heraushetzen, das sich für den Tag auf einem hohen, von Erlensumpf flankierten Flussufer niedergelassen hatte. Hat das Weißwedelwild eine poetische Schwäche für singende Wasser oder eine zweckmäßige Vorliebe für ein Lager, dem sich keiner geräuschlos nähern kann? Nach dem ungehaltenen Schlagen seines großen weißen Wedels zu urteilen, könnte jedes davon zutreffen, oder auch beides.

Fast alles kann passieren zwischen einer roten Laterne und der nächsten.

Bei Sonnenuntergang am letzten Tag der Jagdzeit auf Kragenhühner löscht jeder Brombeerstrauch sein Licht. Ich verstehe nicht, wie ein einfacher Busch so unfehlbar über die Jagdgesetze von Wisconsin Bescheid wissen kann, bin aber auch niemals am nächsten Tag zurückgegangen, um es herauszufinden. Während der folgenden elf Monate glühen die Laternen nur in der Erinnerung. Manchmal denke ich, dass die anderen Monate lediglich ein passendes Intermezzo zwischen zwei Oktobern sind, und ich habe den Verdacht, dass Hunde, und vielleicht auch Kragenhühner, diese Ansicht teilen.

November

Wenn ich der Wind wäre

Der im Novembermais musizierende Wind hat es eilig. Die Stengel summen, die losen Hülsen fegen in spielerischen Wirbeln himmelwärts, und der Wind eilt weiter.

In der Marsch gleiten lange Windwellen über den grasbedeckten Sumpf und schlagen gegen die Weiden in der Ferne. Ein Baum versucht, Einwände zu machen, und winkt mit den kahlen Ästen, aber nichts hält den Wind auf.

Auf der Sandbank gibt es nur Wind und den seewärts gleitenden Fluss. Jedes Grasbüschel malt Kreise auf den Sand. Ich wandere über die Sandbank zu einem Treibholzstamm, setze mich nieder und lausche dem weltbewegenden Tosen und dem Anschlagen kleiner Wellen am Ufer. Der Fluss ist ohne Leben: keine Ente, kein Reiher, keine Kornweihe, keine Möwe. Alle haben sie vor dem Wind Schutz gesucht.

Aus den Wolken höre ich ein schwaches Gebell wie von einem weit entfernten Hund. Es ist eigenartig, wie die Welt bei diesem Laut neugierig die Ohren spitzt. Bald wird er lauter: der Ruf der Wildgänse, unsichtbar, aber näherkommend.

Der Zug taucht aus den niedrigen Wolken auf, ein zerfetztes Banner aus Vögeln, die auf- und niedersteigen, hinauf- und hinab-, zusammen- und auseinandergeweht werden, aber doch beständig vorankommen, während der Wind liebevoll mit jeder schlagenden Schwinge ringt. Wenn die Schar nur noch ein Fleck am fernen Himmel ist, höre ich den letzten Ruf, den Zapfenstreich des Sommers.

Hinter der Wand aus Treibholz ist es jetzt wieder warm, denn der Wind ist mit den Wildgänsen fortgezogen. Das würde ich auch getan haben – wenn ich der Wind wäre.

Die Axt in der Hand

Der Herr gibt, und der Herr nimmt, aber Er ist nicht mehr der einzige, der das tut. Als einer unserer weit entfernten Vorfahren die Schaufel erfand, wurde er zum Gebenden: Er konnte nun einen Baum pflanzen. Und als die Axt erfunden wurde, wurde er zum Nehmenden: Er konnte ihn fällen. So hat jeder Landbesitzer, bewusst oder unbewusst, die göttlichen Funktionen übernommen, Pflanzen zu schaffen und zu zerstören. Andere, nicht so weit entfernte Vorfahren haben seither weitere Werkzeuge erfunden, aber jedes davon erweist sich bei näherer Betrachtung entweder als eine Vervollkommnung von oder als ein Beiwerk zu dem ursprünglichen Paar Grundwerkzeuge. Wir teilen uns selber in Berufe ein, bei denen man entweder ein bestimmtes Werkzeug handhabt oder es verkauft, repariert, schärft oder einen Rat erteilt, wie das gemacht wird; durch diese Arbeitsteilung entgehen wir der Verantwortung für den Missbrauch jeglichen Werkzeugs, außer unserem eigenen. Aber ein Berufener – der Philosoph – weiß, dass alle Menschen durch ihre Gedanken und Wünsche letztendlich Werkzeuge handhaben. Er weiß, dass die Menschheit mit der Art, wie sie denkt und wünscht, bestimmt, ob es sich lohnt, überhaupt welche zu handhaben.

Der November ist aus vielerlei Gründen der Monat für die Axt. Es ist warm genug, um eine Axt zu schärfen, ohne zu frieren, aber kalt genug, um bequem einen Baum zu fällen. Die Blätter sind von den Laubbäumen abgefallen, so kann man die Verzweigung des Geästs sehen und was davon im letzten Sommer gewachsen ist. Ohne diese klare Sicht in die Baumkronen wüsste man nicht sicher, welcher der Bäume, wenn überhaupt einer, zum Nutzen des Landes gefällt werden sollte.

Ich habe viele Definitionen darüber gelesen, was

ein Naturschützer ist, und nicht wenige selbst geschrieben, aber ich vermute, die beste wird nicht mit der Feder, sondern mit der Axt geschrieben. Es kommt darauf an, was einer denkt, während er hackt oder während er entscheidet, was er schlagen will. Naturschützer ist derjenige, der sich in Demut bewusst ist, dass er mit jedem Schlag der Axt seine Unterschrift auf das Antlitz seiner Erde setzt. Natürlich sehen Unterschriften verschieden aus, ob nun mit der Axt oder mit der Feder gegeben, und das sollte auch so sein. Es beängstigt mich, die Gründe hinter meinen eigenen Entscheidungen mit der Axt in der Hand ex post facto zu analysieren. Zunächst finde ich, dass nicht alle Bäume frei und gleichberechtigt erschaffen sind. Wo eine Weymouthskiefer und eine Rotbirke einander bedrängen, bin ich voreingenommen; ich schlage stets die Birke zugunsten der Kiefer. Warum?

Nun, erstens habe ich die Kiefer mit meiner Schaufel gepflanzt, während die Birke unter dem Zaun hindurchkroch und sich selbst gepflanzt hat. So ist meine Voreingenommenheit in gewisser Weise väterlich, aber das kann nicht alles sein, denn wenn die Kiefer ein natürlicher Sämling wäre wie die Birke, würde ich sie noch höher schätzen. Also muss ich tiefer schürfen, um die Logik, die hinter meinem Vorurteil steckt, zu erkennen – wenn es denn eine gibt.

Die Birke ist ein häufig vorkommender Baum in meiner Gegend, und sie wird immer häufiger, während die Kiefer selten ist und immer seltener wird; vielleicht begünstigt meine Vorliebe den Benachteiligten. Aber was würde ich tun, wenn meine Farm weiter nördlich gelegen wäre, wo es viele Kiefern und wenige Birken gibt? Ich gebe zu, ich weiß es nicht. Meine Farm ist hier.

Die Kiefer lebt ein Jahrhundert lang, die Birke nur halb so lang; befürchte ich, meine Unterschrift könnte verbleichen? Meine Nachbarn haben keine Kiefern gepflanzt, aber sie alle haben viele Birken; bin ich ein Snob, weil ich ein deutlich anderes Waldstück habe? Die Kiefer bleibt den ganzen Winter über grün, für die Blätter der Birke ist die Zeit im Oktober abgelaufen; begünstige ich den Baum, der, wie ich, den Winterstürmen trotzt? Die Kiefer bietet einem Kragenhuhn Schutz, aber die Birke ernährt es; ist mir das Bett wichtiger als der Esstisch? Schließlich sind die Erträge aus Kiefern fünfmal so hoch wie die der Birken; ist das Bankkonto also der Grund? Jeder dieser möglichen Gründe für meine Vorliebe scheint etwas Gewicht zu haben, aber keiner von ihnen wiegt sehr viel.

Also versuche ich es noch einmal, und vielleicht habe ich hier etwas; unter dieser Kiefer wird eines Tages ein kriechender Erdbeerbaum wachsen, ein Ohnblatt, ein Wintergrün oder ein Moosglöckchen, während man unter einer Birke bestenfalls auf eine Enzianart hoffen kann. In dieser Kiefer wird sich letztlich ein Helmspecht ein Nest herausmeißeln; in der Birke tut das ein Haarspecht. In dieser Kiefer wird im April der Wind für mich singen, während die Birke nur mit ihren nackten Zweigen knattert. Diese möglichen Gründe für meine Vorliebe sind gewichtig, aber warum? Regt die Kiefer meine Vorstellungskraft und meine Hoffnungen stärker an als die Birke? Falls ja, liegt der Unterschied dann in den Bäumen oder in mir? Die einzige Schlussfolgerung, zu der ich jemals gekommen bin, lautet, dass ich alle Bäume mag, aber in Kiefern verliebt bin.

Der November ist der Monat für die Axt, und wie bei anderen Liebesaffären liegt das Geschick im Geltendmachen der Vorlieben. Wenn die Birke südlich von der Kiefer steht und größer ist, wird sie der Spitze der Kiefer im Frühling Schatten spenden und so die Rüsselkäfer davon abhalten, ihre Eier dort abzulegen. Die Konkurrenz der Birken ist das geringere Übel im Vergleich mit dem Rüsselkäfer, dessen Nachkommenschaft die Spitze der Kiefer zerstört und so den Baum entstellt. Es ist interessant, dass die Vorliebe dieses Insekts, in der Sonne zu hocken, nicht nur über seine eigene Fortdauer als Art entscheidet, sondern auch über das künftige Aussehen meiner Kiefer und über meinen eigenen Erfolg als Herr über Axt und Schaufel.

Wiederum, wenn ich den Birkenschatten beseitigt habe und darauf ein trockener Sommer folgt, kann die stärkere Bodenerwärmung die verminderte Konkurrenz um das Wasser aufheben, und meiner Kiefer wird es durch meine Vorliebe nicht besser gehen.

Schließlich, wenn die Birkenzweige im Wind die äußeren Triebe der Kiefer scheuern, wird die Kiefer mit Sicherheit deformiert, und die Birke muss entweder weg, ohne Rücksicht auf andere Erwägungen, oder ihre Zweige müssen in jedem Winter auf eine Höhe geschnitten werden, die über dem erwarteten Sommerwuchs der Kiefer liegt.

Das sind die Für und Wider, die der Herr der Axt vorhersehen, vergleichen und entscheiden muss in der ruhigen Gewissheit, dass seine Vorliebe – im Allgemeinen – sich als etwas mehr denn als gute Absicht erweisen wird.

Der Herr der Axt hat so viele Vorlieben, wie es Baumarten gibt auf seiner Farm. Im Lauf der Jahre misst er allen Arten nach seiner Reaktion auf ihre Schönheit und Nützlichkeit und ihrer Reaktion auf seine Bemühungen Attribute bei, die erst einen Charakter ausmachen. Es erstaunt mich, welch unterschiedliche Charaktere verschiedene Menschen ein und demselben Baum zuschreiben.

So steht die Espe bei mir in gutem Ansehen, weil sie den Oktober vergoldet und im Winter meine Kragenhühner füttert, aber für einige meiner Nachbarn ist sie lediglich ein Unkraut, vielleicht weil sie so heftig aus den Sümpfen austrieb, die ihre Großväter zu roden versucht hatten. (Ich darf darüber nicht hohnlächeln, denn ich ertappe mich selbst dabei, die Ulmen nicht zu mögen, deren Wiederaustreiben meine Kiefern bedroht.)

Die Lärche ist mir nach der Weymouthskiefer die Zweitliebste, vielleicht weil sie in meiner Ortschaft fast ausgerottet ist (Vorliebe für die Benachteiligten) oder weil sie im Oktober Gold auf die Kragenhühner streut (Liebe zur Jagd), oder weil sie den Boden sauer macht und so die Voraussetzung für das Wachstum der lieblichsten unserer Orchideen, den prächtigen Frauenschuh, schafft. Andererseits haben die Förster die Lärche verbannt, weil sie zu langsam wächst, um Zinseszins zu erbringen. Sie untermauern ihre Ablehnung auch damit, dass der Bestand periodisch durch Blattwespenepidemien abstirbt. Für meine Lärchen bedeutete das weitere fünfzig Jahre, also mag sich mein Enkel den Kopf darüber zerbrechen. Inzwischen wachsen meine Lärchen so kräftig, dass meine gute Stimmung mit ihnen himmelwärts steigt.

Für mich ist eine alte Pappel der großartigste aller Bäume, weil sie in ihrer Jugend dem Bison Schatten spendete und einen Heiligenschein aus Trauben trug, und ich mag eine junge Pappel, weil sie eines

Tages alt werden könnte. Aber die Frau des Farmers (und somit auch der Farmer) hasst die Pappel, weil der weibliche Baum im Juni ihre Fliegenfenster mit Watte verstopft. Das Dogma der Moderne heißt Bequemlichkeit um jeden Preis.

Meine Zuneigungen sind zahlreicher als die meiner Nachbarn, weil ich einzelne Arten mag, die sie unter der abwertenden Kategorie Gestrüpp abtun. Ich schätze den Spindelstrauch, teils weil Weißwedel, Kaninchen und Mäuse so begeistert seine kantigen Zweige und ihre grüne Rinde essen, und teils weil seine rötlichen Beeren im Novemberschnee so warm leuchten. Ich mag den roten Hartriegel, weil er die Wanderdrosseln im Oktober füttert, und den Gelbholzstrauch, weil meine Waldschnepfen im Schutz seiner Dornen ihr tägliches Sonnenbad nehmen. Ich mag den Haselstrauch, weil sein Lila im Oktober mein Auge sättigt und seine Kätzchen im November meine Hirsche und Kragenhühner füttern. Ich mag das Bittersüß, weil mein Vater es mochte und das Weißwedelwild jedes Jahr am 1. Juli plötzlich damit beginnt, an den jungen Blättern zu äsen, und ich habe gelernt, meinen Gästen dieses Ereignis vorherzusagen. Es ist mir unmöglich, eine Pflanze nicht zu mögen, die es mir, einem einfachen Professor, erlaubt, alljährlich als erfolgreicher Seher und Prophet zu glänzen.

Es ist offensichtlich, dass unsere Zuneigung zu

Pflanzen zum Teil auf Tradition beruht. Wenn dein Großvater Hickorynüsse mochte, wirst du den Hickorybaum mögen, weil dein Vater es dir beigebracht hat. Wenn andererseits dein Großvater mit Giftsumach umrankte Kloben verbrannt und dabei leichtsinnig im Rauch gestanden hat, wirst du diese Art nicht mögen, mit welcher Pracht auch immer sie im Herbst deine Augen erfreuen mögen.

Es ist auch offensichtlich, dass unsere Einstellung zu Pflanzen nicht nur Neigungen, sondern auch Abneigungen widerspiegelt – mit der feinen Abstufung der Nuancen wie zwischen Betriebsamkeit und Trägheit. Der Farmer, der lieber Kragenhühner jagt als Kühe melkt, wird keine Abneigung gegen Hagedorn haben, gleichgültig ob er sich auf seinen Weideflächen ausbreitet oder nicht. Der Waschbärjäger wird nichts gegen Linden haben, und ich weiß von Wachteljägern, die der Beifuß-Ambrosie nicht böse sind, trotz ihres alljährlichen Anfalls von Heuschnupfen. Tatsächlich sind unsere Vorlieben ein sensibler Anzeiger für unsere Neigungen, unsere Empfindungen, unsere Loyalitäten, unseren Edelmut und unsere Art und Weise, wie wir die Wochenenden vertrödeln.

Wie dem auch sei, ich bin damit zufrieden, die meinigen im November mit der Axt in der Hand zu vertrödeln.

Eine feste Burg

Jedes zu einer Farm gehörende Stück Waldland bietet seinem Eigentümer neben Bauholz, Heizmaterial und Pfosten auch Allgemeinbildung. Diese Ernte an Weisheit bleibt nie aus, aber sie wird nicht immer eingebracht. Ich halte hier einige der vielen Lektionen fest, die ich in meinem eigenen Wald gelernt habe.

Nachdem ich den Wald vor einem Jahrzehnt erworben hatte, bemerkte ich schon bald, dass ich fast ebenso viele Baumkrankheiten wie Bäume gekauft hatte. Mein Waldstück wird von all den Krankheiten heimgesucht, die Holz nur erben kann. Ich begann zu wünschen, dass Noah, als er die Arche belud, die Baumkrankheiten zurückgelassen hätte. Doch bald stellte sich heraus, dass eben diese Krankheiten mein Waldstück zu einer festen Burg gemacht haben, die im Land ihresgleichen sucht.

Mein Wald ist das Hauptquartier einer Waschbärfamilie; nur wenige meiner Nachbarn haben ebenfalls welche. Eines Sonntags im November, nach frisch gefallenem Schnee, erfuhr ich, warum. Die frische Spur eines Waschbärjägers und seines Jagdhundes führten zu einem halbentwurzelten Ahorn, unter dem einer meiner Waschbären Schutz gesucht hatte. Das gefrorene Gewirr von Wurzeln und Erde war zu steinig zum Abhacken und zu hart zum Graben; die Löcher unter den Wurzeln waren zu viele zum Ausräuchern. Der Jäger musste waschbärlos aufgeben, weil eine Pilzkrankheit die Wurzeln des Ahorns geschwächt hatte. Der Baum, vom Sturm halb umgekippt, bietet eine uneinnehmbare Festung für das Waschbärenvolk. Ohne diesen »bombensicheren« Unterstand würde mein Zuchtstamm von Waschbären jedes Jahr von Jägern ausgelöscht.

Meine Wälder beherbergen ein Dutzend Kragenhühner, aber bei Tiefschnee wechseln meine Kragenhühner zu den Wäldern meiner Nachbarn, wo sie bessere Deckung finden. Ich behalte jedoch stets so viele Kragenhühner, wie es durch Sommergewitter Windbruch von Eichen gibt. Diese im Sommer umgestürzten Bäume behalten ihre getrockneten Blätter, und bei Schnee beherbergt jeder dieser Bäume Kragenhühner. Die Exkremente zeigen, dass jedes Huhn während des Schneesturms innerhalb der engen Begrenzung seiner belaubten Deckung schläft, isst und faulenzt, in Sicherheit vor Wind, Eule, Fuchs und Jäger. Die getrockneten Eichenblätter dienen nicht nur als Deckung, sondern werden seltsamerweise von den Kragenhühnern auch mit Behagen gefressen.

Diese Windbrucheichen sind natürlich kranke Bäume. Ohne Krankheit gäbe es nur wenig Bruch und damit nur wenige Kragenhühner, die unter gefallenen Baumkronen Schutz finden.

Kranke Eichen versorgen die Kragenhühner auch mit einem weiteren, offenbar köstlichen Kragenhuhnfutter: Eichengallen. Eine Galle ist ein kranker Auswuchs aus jungen Zweigen, die von einer Gallwespe gestochen wurden, als sie zart und saftig waren. Im Oktober sind meine Kragenhühner oft vollgestopft mit Eichengallen.

Jedes Jahr füllen wilde Bienen eine meiner hohlen Eichen mit Waben, und jedes Jahr ernten widerrechtlich durchziehende Honigsammler den Honig, bevor ich dazu komme. Das liegt zum Teil daran, dass sie beim Aufspüren der Bienenbäume geschickter sind als ich, und teils daran, dass sie Netze benutzen und dadurch arbeiten können, bevor die Bienen im Herbst in den Ruhezustand fallen. Aber gäbe es kein verrottetes Kernholz, dann gäbe es auch keine hohlen Eichen, die wilden Bienen einen eichenen Bienenstock bieten.

In starken Kaninchenjahren werden diese Tiere zur Plage. Sie knabbern Rinde und Zweige von fast jeder Baum- oder Buschart, die ich zu ziehen versuche, und ignorieren fast jede Art, von der ich gern weniger hätte. (Wenn sich der Kaninchenjäger eine Kiefernschonung oder einen Obstgarten anlegt, hört das Kaninchen irgendwie auf, zum jagdbaren Wild zu gehören, und wird stattdessen zum Schädling.)

Das Kaninchen, obgleich ein Gierschlund, ist in mancher Hinsicht ein Feinschmecker. Stets zieht es handgepflanzte Kiefer, Ahorn, Apfelbaum oder Spindelstrauch dem Wildwachsenden vor. Auch verlangt es, dass bestimmte Salate vorbehandelt werden, bevor es sie zu futtern geruht. So verschmäht es roten Hartriegel, bis er von Kommaschildläusen befallen ist, wonach er zur Delikatesse wird, die alle Kaninchen der Umgebung mit Heißhunger verschmausen.

Gut ein Dutzend Schwarzkopfmeisen verbringt das Jahr in meinen Wäldern. Im Winter, wenn wir kranke oder abgestorbene Bäume als Feuerholz holen, ist der Klang der Axt der Essensgong für die Meisenschar. Sie warten in einiger Entfernung, dass der Baum fällt, und geben kecke Kommentare über die Langsamkeit unserer Mühen ab. Wenn der Baum schließlich am Boden liegt und die Keile sein Inneres freizulegen beginnen, ziehen die Meisen ihre weißen Lätzchen an und fallen ein. Jedes abgestorbene Rindenstück ist für sie eine Schatzkammer voller Eier, Larven und Puppen. Für sie quillt Milch und Honig aus jedem ameisenzerfressenen Kernholz. Wir stellen oft ein frisch gespaltenes Stück gegen einen Baum in der Nähe, nur um zu beobachten, wie die gierigen Meislein die Ameiseneier verschlingen. Es erleichtert unsere Mühen zu wissen, dass sie, wie auch wir, Hilfe und Annehmlichkeiten aus dem duftenden Reichtum frischgeschlagener Eichen bekommen.

Ohne Krankheiten und Ungeziefer gäbe es wahrscheinlich keine Nahrung in diesen Bäumen und folglich auch keine Meisen, um meine Wälder im Winter zu bereichern.

Viele andere Wildtiere hängen von Baumkrankheiten ab. Meine Haubenschwarzspechte meißeln lebende Kiefern auf, um fette Maden aus dem kranken Kernholz zu ziehen. Meine Streifenkäuze finden im hohlen Inneren einer Linde Ruhe vor den Hähern; ohne diesen kranken Baum müsste ihr Abendlied wahrscheinlich ausfallen. Meine Brautenten nisten in hohlen Bäumen; jeder Juni sieht ihre Brut daunenbedeckter Entlein in meinem Waldsumpf. Alle Grauhörnchen benötigen als Dauerhöhle ein sorgfältig ausgewogenes Gleichgewicht zwischen einer verrotteten Aushöhlung und dem Narbengewebe, mit dem der Baum die Wunde zu schließen versucht. Die Eichhörnchen fungieren als Schiedsrichter im Wettstreit, indem sie das Narbengewebe weg nagen, wenn es den Umfang ihrer Eingangstür ungebührlich zu verkleinern beginnt.

Das echte Schmuckstück meines krankheitsbefallenen Waldes ist der Zitronenwaldsänger. Er nistet in einer alten Spechthöhle oder einem anderen kleinen Loch in einem toten Baumstumpf überm Wasser. Das Aufblitzen seines goldblauen Gefieders inmitten des dumpfigen Verfalls der Juniwälder ist für sich ein Beweis, dass tote Bäume in lebende Tiere verwandelt werden und umgekehrt. Wenn ihr die Weisheit dieses Wandels anzweifelt, beobachtet den Zitronenwaldsänger.

Dezember

Streifgebiete

Die wilden Lebewesen auf meiner Farm zögern, mir mit vielen Worten zu sagen, wie viele meiner sechs Quadratmeilen zu ihrem täglichen und wie viele zu ihrem nächtlichen Lebensraum gehören. Ich bin neugierig darauf, denn es zeigt mir das Verhältnis zwischen der Größe ihres Universums und der Größe des meinigen, und es stellt die viel wichtigere Frage, wer die Welt, in der er lebt, gründlicher kennt.

Gleich Menschen offenbaren meine Tiere oftmals durch ihre Handlungen, was sie mit Worten nicht enthüllen würden. Nur schwer lässt sich abschätzen, wann und wie eine dieser Enthüllungen ans Tageslicht kommen wird.

Der Hund – er ist schließlich kein Axtschwinger – kann jagen, während wir übrigen Holz schlagen. Ein plötzliches *yip-yip-yip* teilt uns mit, dass ein Kaninchen aus seiner Sasse im Gras aufgescheucht wurde und in großer Eile das Weite sucht. Es rennt schnurstracks auf einen eine Viertelmeile entfernten Holzhaufen zu, wo es sich, seinem Verfolger einen sicheren Flintenschuss voraus, zwischen zwei gestapelten Klaftern duckt. Der Hund hinterlässt ein paar symbolische Gebissabdrücke in der harten Eiche, gibt auf und setzt seine Suche nach einem weniger schlauen Baumwollschwanzkaninchen fort, und wir schlagen weiter Holz.

Diese kleine Episode sagt mir, dass dieses Kaninchen mit dem Terrain zwischen seinem Lager in der Wiese und seinem Luftschutzkeller unter dem Holzstoß vertraut ist. Wie sonst wäre der kürzeste Weg zu erklären? Das Streifgebiet dieses Kaninchens dehnt sich wenigstens über eine Viertelmeile aus.

Die Schwarzkopfmeisen, die zu unserem Futterhäuschen kommen, werden jeden Winter gefangen und beringt. Einige unserer Nachbarn füttern ebenfalls Schwarzkopfmeisen, aber keiner beringt sie. Wir haben festgehalten, wie weit sich die beringten Vögel von meinem Futterhäuschen entfernen, und ermittelt, dass die Streifgebiete unserer Schar sich im Winter über ein Areal mit einer halben Meile Durchmesser erstrecken, wobei sie nur windgeschützte Stellen aufsuchen.

Wenn sich die Schar im Sommer zum Nisten verteilt hat, sieht man die beringten Vögel in größerer Entfernung, oftmals verpaart mit unberingten Vögeln. In dieser Jahreszeit macht den Schwarzkopfmeisen der Wind nichts aus, man findet sie oft auch an zugigen Orten.

Die frischen Fährten von drei Stück Weißwedelwild, deutlich zu erkennen im Schnee vom Vortag, führen durch meine Wälder. Ich verfolge die Fährten zurück und finde im großen Weidendickicht auf der Sandbank drei Lager, die frei von Schnee sind.

Dann folge ich den Fährten nach vorn; sie führen zum Maisfeld meines Nachbarn, wo die Hirsche Maisabfall aus dem Schnee gescharrt und auch eine Garbe zerzaust haben. Danach führen sie auf einem anderen Weg zurück zur Sandbank. Unterwegs haben die Hirsche an ein paar Grasbüscheln gescharrt, mit dem Äser nach den zarten, grünen Halmen darin gewühlt, und sie haben auch an einer Quelle getrunken. Mein Bild von dem nächtlichen Rundgang ist vollständig. Die Gesamtdistanz vom Bett zum Frühstück beträgt eine Meile.

In unseren Wäldern hat es immer Kragenhühner gegeben, aber an einem Tag im letzten Winter konnte ich weder die Tiere noch Spuren von ihnen finden. Ich hatte schon angenommen, meine Vögel seien ausgezogen, als mein Hund an der belaubten Krone einer alten Eiche, die im letzten Sommer umgeweht worden war, vorstand. Drei Kragenhühner stoben heraus, eines nach dem anderen.

Es gab keine Spuren unter oder neben der am Boden liegenden Baumkrone. Offensichtlich waren diese Vögel eingeflogen, aber von wo? Kragenhühner müssen fressen, besonders bei Temperaturen unter dem Gefrierpunkt, deshalb untersuchte ich den Kot nach einem Hinweis. Zwischen vielen unkenntlichen Überbleibseln fand ich Knospenhüllen und auch die zähen gelben Schalen gefrorener Nachtschatten.

In einem Dickicht junger Ahornbäume hatte ich im Sommer üppigen Nachtschattenwuchs entdeckt. Ich ging dorthin, und nach einigem Suchen fand ich die Kragenhuhnspuren auf einem liegenden Baumstamm. Die Vögel waren nicht durch den weichen Schnee gewatet, sie waren über die liegenden Baumstämme gelaufen und hatten hier und da die innerhalb ihrer Reichweite liegenden Beeren aufgepickt. Das war eine Viertelmeile entfernt, östlich der gefallenen Eiche.

An jenem Abend, bei Sonnenuntergang, sah ich Kragenhühner aufgebaumt in einem Pappeldickicht eine Viertelmeile weiter westlich. Es gab keine Spuren. Das vervollständigte die Geschichte. Diese Vögel überquerten, solange der Schnee weich war, ihr Streifgebiet im Flug statt zu Fuß, ein Areal, das immerhin einen Durchmesser von einer halben Meile hatte.

Die Wissenschaft weiß wenig über Streifgebiete: Wie groß sie zu verschiedenen Jahreszeiten sind, welche Möglichkeiten der Nahrung und Deckung sie enthalten müssen, wann und wie sie verteidigt werden gegen Eindringlinge, und ob der Besitz an ein Individuum, eine Familie oder die Gruppe gebunden ist. Das sind die Grundlagen des Tierhaushalts oder der Ökologie. Jede Farm ist ein Lehrbuch über Tierökologie; die Weisheit der Waldbewohner ist die Umsetzung des Buches.

Kiefern überm Schnee

Schöpferische Tätigkeiten sind für gewöhnlich Göttern und Dichtern vorbehalten, aber einfachere Leute können diese Beschränkung aufheben, wenn sie wissen, wie es gemacht wird. Um beispielsweise eine Kiefer zu pflanzen, braucht man weder Gott noch Poet zu sein; man muss nur eine Schaufel haben. Dank dieser merkwürdigen Ausnahme von der Regel kann jeder Bauernlümmel sagen: Es werde ein Baum – und es wird einer.

Wenn sein Rücken stark ist und seine Schaufel scharf, können schließlich zehntausend da stehen. Und im siebten Jahr mag er sich auf seine Schaufel stützen, auf seine Bäume blicken und Wohlgefallen an ihnen finden.

Gott übergab sein Werk bereits am siebten Tag, aber mir fällt auf, dass er sich seither mit einer Bewertung von dessen Eigenschaften eher zurückgehalten hat. Ich vermute, dass er entweder zu früh gesprochen hat oder dass Bäume doch längere Bewunderung aushalten als Feigenblätter und Firmamente.

Warum gilt die Schaufel als ein Symbol der Plackerei? Vielleicht liegt es daran, dass die meisten Schaufeln stumpf sind. Sicher haben alle Knechte stumpfe Schaufeln, aber ich bin nicht sicher, welche dieser beiden Tatsachen Ursache und welche Wirkung ist. Ich weiß nur, dass eine gute Feile, die sie heftig bearbeitet hat, meine Schaufel singen lässt, wenn diese den mürben Lehm durchsticht. Man sagt mir, es sei Musik im scharfen Hobel, dem scharfen Meißel und dem scharfen Skalpell, aber ich vernehme sie am besten in meiner Schaufel; sie summt in meinen Handgelenken, wenn ich eine Kiefer pflanze. Ich vermute, dass der Bursche, der sich so sehr mühte, einen klaren Ton aus der Harfe der Zeit hervorzubringen, ein zu schwieriges Instrument gewählt hat.

Es ist gut, dass nur im Frühjahr Pflanzzeit ist, denn Mäßigung nutzt allen Dingen am meisten, selbst Schaufeln. Während der übrigen Monate kann man zuschauen, wie eine Kiefer entsteht.

Für die Kiefer beginnt das neue Jahr im Mai, wenn der oberste Spross zur »Kerze« wird. Wer auch immer dieses Wort für den neuen Wuchs geprägt hat, besaß eine einfühlsame Seele. Die »Kerze« klingt wie ein Allgemeinplatz offensichtlicher Fakten: Der neue Wuchs ist wächsern, aufrecht und zerbrechlich. Und wer mit Kiefern lebt, weiß, dass »Kerze« eine tiefere Bedeutung hat, denn an ihrer Spitze brennt die ewige Flamme, die den Weg in die Zukunft erleuchtet. Mai für Mai folgen meine Kiefern ihren Kerzen himmelwärts, jede geradewegs zum Zenit strebend und jede in dem Glauben, dorthin zu gelangen, wenn ihr nur genug Jahre bleiben bis zur Posaune des Jüngsten Gerichts. Nur eine sehr alte Kiefer vergisst schließlich, welche ihrer vielen Kerzen die wichtigste ist, und flacht ihre Spitze gegen den Himmel ab. Du magst es verdrängen, aber keine Kiefer, die du selbst gepflanzt hast, wird es zu deinen Lebzeiten tun.

Wenn du zur Sparsamkeit neigst, wirst du unter den Kiefern Gleichgesinnte finden, weil sie, anders als die von der Hand in den Mund lebenden Laubbäume, niemals laufende Rechnungen aus den laufenden Einnahmen bezahlen; sie leben ausschließlich vom Ersparten aus dem Vorjahr. Tatsächlich führt jede Kiefer ein offenes Sparbuch, in dem ihr Barguthaben alljährlich am 30. Juni festgehalten wird. Wenn zu diesem Zeitpunkt ihre vollendete Kerze einen gipfelständigen Quirl von zehn oder zwölf Trieben angesetzt hat, bedeutet dies, dass sie genügend Regen und Sonne für einen sechzig oder sogar neunzig Zentimeter langen Schuss gen Himmel im nächsten Frühjahr gespeichert hat. Hat sie nur vier oder sechs Triebe, wird ihr Wachstum geringer ausfallen, aber sie wird dennoch das gewisse Etwas besitzen, das mit Zahlungsfähigkeit einhergeht.

Natürlich gibt es auch für Kiefern, ebenso wie für Menschen, schwere Jahre, und diese zeigen sich in kürzeren Trieben, d.h. in kürzeren Abständen zwischen den aufeinanderfolgenden Quirlen von Zweigen. So sind diese Zwischenräume eine Autobiographie, die jemand, der mit Bäumen umgeht, nach Belieben lesen kann. Um ein schlechtes Jahr zu datieren, muss man immer eines von dem Jahr geringeren Wachstums abziehen. Im Jahre 1937 hatten alle Kiefern geringen Zuwachs; das belegt die allgemeine Dürre von 1936. Andererseits war der Zuwachs bei allen Kiefern im Jahre 1941 beträchtlich; vielleicht sahen sie die Schatten kommender Ereignisse und strengten sich besonders an, der Welt zu zeigen, dass Kiefern auch dann noch wissen, was sie tun, wenn Menschen dazu nicht mehr in der Lage sind.

Zeigt eine Kiefer ein karges Jahr an, ihre Nachbarn aber nicht, kann man getrost unterstellen, dass eine rein örtliche oder individuelle Widerwärtigkeit der Grund war: eine Brandnarbe, eine nagende Wiesenmaus, ein Windbrand oder ein örtlicher Engpass in dem dunklen Laboratorium, das wir den Boden nennen.

Es gibt viel Geplauder und nachbarschaftlichen Klatsch unter Kiefern. Wenn ich auf dieses Geschwätz achte, erfahre ich, was sich während der Woche, in der ich in der Stadt war, ereignet hat. Im März, wenn das Weißwedelwild häufig durch die Weymouthskiefern wandert, verrät mir die Höhe der abgeästen Stellen an den Bäumen, wie stark der Hunger ist. Ein von Mais gesättigtes Weißwedel ist zu faul, um Zweige über 1,20 m zu beknabbern; ein wirklich hungriger Hirsch erhebt sich auf die Hinterläufe und reicht bis zu 2,40 m hinauf. So lerne ich die Verpflegungssituation des Wildes kennen, ohne es selbst zu Gesicht zu bekommen, und erfahre, ohne sein Feld zu besuchen, ob mein Nachbar seine Maisgarben eingeholt hat.

Wenn die neue Kerze im Mai zart und zerbrechlich ist wie ein Spargelkopf, bricht sie ein aufsetzender Vogel oft ab. In jedem Frühjahr finde ich einige solcher enthaupteter Bäume, deren welke Kerzen im Gras liegen. Es ist leicht zu folgern, was geschehen ist, aber in zehnjähriger Beobachtung habe ich nicht einmal *gesehen*, wie ein Vogel eine Kerze abgebrochen hat. Das Objekt liefert vielmehr die Anschauung: Man braucht das Ungesehene nicht zu bezweifeln.

Jedes Jahr im Juni haben einige Weymouthskiefern plötzlich verwelkte Kerzen, die nach kurzer Zeit braun werden und absterben. Ein Kiefernrüsselkäfer hat die gipfelständigen Knospenbüschel angebohrt und Eier abgelegt; wenn die Maden ausschlüpfen, bohren sie sich durch das Mark und töten den Spross. Eine solche führerlose Kiefer ist zur Frustration verdammt, denn die überlebenden Äste können sich nicht einigen, wer den Marsch zum Himmel anführen soll. Schließlich beginnen alle zu führen, und der Baum bleibt ein Busch. Merkwürdigerweise werden nur Kiefern in voller Sonne von Rüsselkäfern heimgesucht; beschattete hingegen werden ignoriert. Das ist der verborgene Nutzen der Benachteiligung.

Im Oktober erzählen mir meine Kiefern mit ihrer abgescheuerten Rinde, wenn die Weißwedelhirsche »der Hafer sticht«. Eine etwa zweieinhalb Meter hohe und alleinstehende Banks-Kiefer scheint besonders geeignet, den Hirsch auf die Idee zu bringen, dass die Welt einen Anstoß nötig hat. Ein solcher Baum muss notgedrungen auch die andere Wange hinhalten und geht entsprechend beschadet aus dem ungleichen Kampf hervor. Ein kleiner Funken ausgleichender Gerechtigkeit in solchen Auseinandersetzungen zeigt sich darin, dass der Hirsch, je mehr er den Baum misshandelt, dann um so mehr Harz an seinem nicht mehr so glänzenden Geweih trägt.

Das Geplauder der Wälder ist mitunter schwer zu

übersetzen. Einmal fand ich mitten im Winter im Kot unter einem Kragenhuhnschlafplatz einige halbverdaute Gebilde, die ich nicht identifizieren konnte. Sie sahen aus wie Zwergmaiskolben und waren etwa anderthalb Zentimeter lang. Ich untersuchte Proben von jeglichem, in der Gegend vorkommendem Kragenhuhnfutter, das mir einfiel, ohne einen Hinweis auf die Herkunft der »Kolben« zu finden. Schließlich schlitzte ich den gipfelständigen Trieb einer Banks-Kiefer auf, und in seinem Inneren fand ich die Antwort. Die Kragenhühner hatten die Triebe gefressen, das Mark verdaut, die Rinde in ihren Mägen abgescheuert und den Kolben übrig gelassen, der tatsächlich die künftige Kerze war. Fast könnte man sagen, dass dieses Raufußhuhn auf Banks-Kiefer-Termingeschäften spekuliert hat.

Die drei in Wisconsin heimischen Kiefernarten (Weymouths-, Rot- oder Gemeine und Banks-Kiefer) haben sehr verschiedene Ansichten über das heiratsfähige Alter. Die frühreife Banks-Kiefer blüht und trägt manchmal schon ein oder zwei Jahre, nachdem sie die Baumschule verlassen hat, Zapfen. Einige meiner dreizehnjährigen Banks-Kiefern prahlen schon mit Enkeln. Meine dreizehnjährigen Rotkiefern dagegen blühen in diesem Jahr erstmals. Die Weymouthskiefern haben überhaupt noch nicht geblüht; sie halten sich streng an die angelsächsische

Doktrin »free, white and twenty-one« – ledig, weiß und einundzwanzig.

Gäbe es diese großen Unterschiede gesellschaftlicher Standpunkte nicht, wäre die Speisekarte meiner roten Eichhörnchen sehr beschränkt. Jedes Jahr fangen sie mitten im Sommer an, die Zapfen der Banks-Kiefer aufzubrechen, um an die Samen zu gelangen, und keine Picknick-Gesellschaft am Tag der Arbeit hat je mehr Schalen und Rinden über die Landschaft verstreut als sie: Unter jedem Baum liegen die Überreste ihres alljährlichen Festschmauses in Stapeln und Haufen. Doch es bleiben immer noch genügend Zapfen übrig, wie der Nachwuchs zwischen den Goldruten beweist.

Nur wenige Menschen wissen, dass Kiefern Blüten tragen, und die meisten, die es wissen, sind zu prosaisch, um in diesem Blütenfest mehr als eine alltägliche biologische Funktion zu sehen. Alle desillusionierten Menschen sollten die zweite Maiwoche in Kiefernwäldern verbringen, und Brillenträger sollten ein zusätzliches Taschentuch einstecken. Die verschwenderische Fülle von Kiefernblütenstaub sollte selbst denjenigen von der unbekümmerten Überschwänglichkeit der Jahreszeit überzeugen, bei dem es der Gesang des Goldhähnchens nicht fertiggebracht hat.

Junge Weymouthskiefern gedeihen für gewöhnlich am besten ohne die Nähe ihrer Eltern. Ich kenne ganze Waldstücke, in denen die jüngere Generation, selbst an einem sonnigen Standort, durch die älteren Bäume im Wachstum behindert wurde und verkümmert ist. Dann gibt es wieder Waldstücke, wo derartige Hemmfaktoren nicht bestehen. Ich würde zu gern wissen, ob solche Unterschiede in der Toleranz der Jungen oder der Alten begründet sind oder ob es am Boden liegt.

Kiefern sind wie Menschen wählerisch in Bezug auf ihre Gesellschaft und können ihre Vorlieben und Antipathien nicht unterdrücken. So besteht eine Wahlverwandtschaft zwischen Weymouthskiefern und Brombeeren, zwischen Rotkiefern und blühender Wolfsmilch, zwischen Banks-Kiefern und Gagelstrauch. Wenn ich eine Weymouthskiefer zwischen Brombeeren pflanze, kann ich mit Sicherheit voraussagen, dass sie innerhalb eines Jahres ein kräftiges Büschel von Trieben entwickeln wird und ihre neuen Nadeln jenen bläulichen Hauch haben werden, der Gesundheit und sympathische Gesellschaft verrät. Sie wird ihre am selben Tag gepflanzten Artgenossinnen an Wuchs und Blühwilligkeit übertreffen, die mit der selben Sorgfalt und in den gleichen Boden, aber in die Gesellschaft von Gras gepflanzt wurden.

Im Oktober laufe ich gern zwischen diesen blauen Federbüschen herum, die sich gerade und kräftig aus dem roten Teppich der Brombeerblätter erheben. Ich möchte wissen, ob sie sich ihres Wohlbefindens bewusst sind. Ich weiß nur, dass ich es bin.

Kiefern haben ihren Ruf, »immergrün« zu sein, durch denselben Kunstgriff erworben, den Regierungen anwenden, um den Anschein von Ewigkeit zu erwecken: überlappende Amtszeiten. Indem sie auf den neuen Trieben jedes Jahres neue Nadeln bekommen und die älteren Nadeln nach längeren Intervallen abstoßen, haben sie den gelegentlichen Betrachter glauben gemacht, dass Kiefernnadeln immer grün bleiben.

Jede Kiefernart hat ihre eigene Verfassung, die eine Amtszeit für Nadeln gemäß ihrem Lebensstil vorschreibt. So behält die Weymouthskiefer ihre Nadeln anderthalb Jahre; Rotkiefern und Banks-Kiefern zweieinhalb Jahre. Nachfolgende Nadeln treten ihr Amt im Juni an, abtretende schreiben ihre Abschiedsadressen im Oktober. Alle schreiben sie dasselbe, mit der gleichen gelbbraunen Tinte, die im November braun wird. Dann fallen die Nadeln ab und werden zu den Bodenakten gelegt, um die Weisheit des Standortes zu bereichern. Es ist diese angesammelte Weisheit, die die Schritte derjenigen, die unter Kiefern wandeln, dämpft.

Mitten im Winter kann es passieren, dass ich von meinen Kiefern etwas erfahre, das wichtiger ist als Waldpolitik und Nachrichten über Wind und Wetter. Das geschieht vorzugsweise an düsteren Abenden, wenn der Schnee alle unwichtigen Einzelheiten unter sich begraben hat und die Stille elementarer Traurigkeit schwer auf allem Lebendigen lastet. Meine Kiefern stehen trotz des Schnees, der auf ihnen lastet, erhobenen Hauptes in Reih und Glied, und im Dämmerlicht dahinter spüre ich die Gegenwart von Hunderten weiterer Kiefern. In solchen Momenten fühle ich, wie sich auf geheimnisvolle Weise Mut auf mich überträgt.

Schwarzkopfmeise 65 290

Einen Vogel zu beringen bedeutet, auf ein Los in einer großen Lotterie zu setzen. Die meisten von uns besitzen Lose für das eigene Leben, aber wir kaufen sie bei der Versicherungsgesellschaft, die zu viel weiß, als dass sie uns eine wirklich faire Chance einräumen würde. Es ist eine Sache der Objektivität, auf einen beringten Sperling zu setzen, der vom Himmel fällt, oder auf die beringte Schwarzkopfmeise, die eines Tages wieder in die Falle kommen und so beweisen kann, dass sie noch am Leben ist.

Für den Neuling ist es ein spannendes Erlebnis, Vögel zu beringen; er spielt eine Art Spiel gegen sich selbst und versucht seine vorherige Rekordmarke zu übertreffen. Aber für den Erfahrenen ist das Beringen neuer Vögel angenehme Routine; die eigentliche Spannung liegt im Wiedereinfangen eines vor langer Zeit beringten Vogels, dessen Alter, Abenteuer und frühere Fressgewohnheiten dir vielleicht besser bekannt sind als dem Vogel selbst. So war in unserer Familie die Frage, ob Schwarzkopfmeise 65 290 noch einen weiteren Winter überleben würde, fünf Jahre lang eine Wette erster Güte.

Seit zehn Jahren haben wir im Winter die meisten Schwarzkopfmeisen auf unserer Farm gefangen und beringt. Zu Beginn des Winters gehen hauptsächlich unberingte Vögel in die Falle; das sind vermutlich die Jungen dieses Jahres, die – sind sie erst einmal beringt – »datiert« werden können. Später im Winter fangen wir keine unberingten Vögel mehr; dann ist klar, dass der örtliche Bestand größtenteils markiert ist. Von den Ringnummern wissen wir, wie viele Vögel es gibt und wie viele von ihnen Überlebende aus jedem vorangegangenen Beringungsjahr sind.

65 290 war eine von sieben Schwarzkopfmeisen des Jahrgangs 1937. Als sie erstmals in unserer Falle saß, zeigte sie keine äußerlichen Anzeichen von Genialität. Wie bei ihren Klassenkameraden war ihre Gier nach Nierenfett größer als ihre Besonnenheit. Wie ihre Klassenkameraden auch, zwickte sie mir in den Finger, als sie aus der Falle genommen wurde. Nachdem sie beringt und freigelassen worden war,

flog sie auf einen Ast, pickte mit gelindem Ärger nach dem neuen Aluminiumfußband, schüttelte ihre verstrubbelten Federn, fluchte leicht und eilte davon, um die anderen einzuholen. Sie hat wohl kaum irgendwelche philosophischen Schlüsse aus ihrem Erlebnis gezogen (wie etwa »es ist nicht alles Ameisenei, was glänzt«), denn sie wurde in demselben Winter noch dreimal gefangen.

Im zweiten Winter zeigten unsere Wiederergriffenen, dass der Jahrgang von sieben auf drei geschrumpft war, und im dritten Winter auf zwei. Im fünften Winter war 65 290 die einzige Überlebende, ihre außerordentliche Überlebensfähigkeit war jetzt historisch belegt. In ihrem sechsten Winter erschien 65 290 nicht mehr, und die Meldung »vermisst« bestätigten die darauf folgenden vier Jahre, in denen sie verschollen blieb.

Bleibt noch zu sagen, dass von 97 Schwarzkopfmeisen, die während eines Jahrzehnts beringt worden waren, 65 290 es als Einzige fertiggebracht hatte, fünf Winter zu überleben. Drei kamen auf vier Jahre, sieben erreichten drei Jahre, 19 erreichten zwei Jahre, und 67 verschwanden nach ihrem ersten Winter. Also könnte ich, wenn ich Versicherungen an Schwarzkopfmeisen verkaufen würde, mit Sicherheit die richtige Prämie errechnen. Die Frage bliebe nur, in welcher Währung würde ich die Witwen auszahlen? Vermutlich in Ameiseneiern.

Ich weiß so wenig über Vögel, dass ich nur spekulieren kann, warum 65 290 ihre Kameraden überlebte. War sie klüger bei der Feindvermeidung? Aber welcher Feinde? Eine Schwarzkopfmeise ist fast zu klein, um welche zu haben. Der wunderliche Geselle, den man Evolution nennt und der den Dinosaurier so lange größer gemacht hat, bis dieser über seine eigenen Füße gestolpert ist, hat versucht, die Meise so lange zu verkleinern, bis sie gerade noch groß genug blieb, um nicht von einem Tyrann als Insekt gefangen zu werden, und zu klein war, um von Habichten und Eulen als Nahrung betrachtet zu werden. Dann besah er das Werk seiner Hände und lachte. Jeder lacht über ein so winziges Bündel mit so großer Lebensfreude.

Der Buntfalke, die Kreischeule, der Louisianawürger und besonders der Sägekauz könnten es lohnend finden, eine Schwarzkopfmeise zu töten, aber ich habe nur einmal den Beweis für einen tatsächlichen Mord gefunden: Im Kot eines Sägekauzes fand sich einer meiner Ringe. Vielleicht fühlen sich diese kleinen Räuber anderen Zwergen verbunden.

Wahrscheinlich ist das Wetter der einzige Mörder, der gleichzeitig gemütsarm genug und so wenig größenbewusst ist, dass er eine Schwarzkopfmeise umbringt. Vermutlich werden in der Sonntagsschule für Schwarzkopfmeisen zwei Todsünden durchgenommen: Du sollst Dich im Winter nicht an windigen Orten aufhalten, und Du sollst vor einem Schneesturm nicht nass werden.

Das zweite Gebot lernte ich zur Dämmerstunde bei Nieselregen im Winter kennen, als ich eine Schar Schwarzkopfmeisen beobachtete, die sich in meinen Wäldern zur Nachtruhe begab. Der Nieselregen kam von Süden, aber mir war klar, dass er auf Nordwestkurs schwenken und es noch vor dem nächsten Morgen bitterkalt werden würde. Die Schwarzkopfmeisen gingen in einer abgestorbenen Eiche zu Bett, deren Rinde zu gewellten, schalen- und muldenförmigen Stücken verschiedener Größe, Form und Lage abgeblättert war. Der Vogel, der einen gegen den von Süden kommenden Nieselregen geschützten Schlafplatz gewählt hatte, aber von Norden kommendem Wetter ausgesetzt war, würde mit Sicherheit am Morgen erfroren sein. Der Vogel, der einen nach allen Seiten trockenen Schlafplatz gewählt hatte, würde hingegen unbeschadet erwachen. Ich glaube, das ist die Art Weisheit, die im Meisenreich Überleben bedeutet und 65 290 und ihresgleichen erklärt.

Die Furcht der Schwarzkopfmeisen vor windigen Orten kann man leicht an ihrem Verhalten erkennen. Im Winter entfernen sie sich nur an windstillen Tagen aus den Wäldern, und die Entfernung ändert sich im umgekehrten Verhältnis zur Windstärke. Ich kenne verschiedene windgepeitschte Waldstücke, die den ganzen Winter über meisenlos sind, während sie zu allen anderen Jahreszeiten häufig besucht werden. Sie sind windgepeitscht, weil Kühe den Unterwuchs weggefressen haben. Wenn ein Farmer mehr Kühe benötigt, die ihrerseits mehr Weideland brauchen, so ist für den zentralbeheizten Bankier, der ihm die Hypothek gewährt, der Wind ein geringes Ärgernis, außer vielleicht an einer besonders windigen Ecke der Wallstreet. Für die Schwarzkopfmeisen markiert der Winterwind die Grenzen der bewohnbaren Welt. Hätte eine Schwarzkopfmeise ein Büro, würde die Lösung über ihrem Schreibtisch lauten: »Bleib ruhig!«

Ihr Verhalten an der Falle enthüllt den Grund. Wenn man die Falle so aufstellt, dass sie auch nur bei leichtem Rückenwind hineinfliegen müsste, könnten keine zehn Pferde sie zum Köder bringen. Stellt man die Falle andersherum auf, kann man jedoch mit einem guten Ergebnis rechnen. Das hat damit zu tun, dass der Rückenwind Kälte und Nässe unter die Federn bläst, die ihr tragbares Dach und ihre Klimaanlagen sind. Kleiber, Junkos, Baumammern und Spechte fürchten ebenfalls Rückenwinde, aber ihre Heizanlagen und folglich ihre Windtoleranz sind größer – in der Reihenfolge ihrer Aufzählung. Bücher über die Natur erwähnen selten den Wind; sie werden hinterm Ofen geschrieben.

Ich glaube, es gibt ein drittes Gebot für die Meisenwelt: Du sollst jedem lauten Geräusch nachgehen. Wenn wir in unseren Wäldern mit dem Holzschlagen anfangen, erscheinen die Schwarzkopfmeisen augenblicklich und bleiben da, bis der gefällte Baum oder der gespaltene Stamm zu ihrem großen Ergötzen frische Insekteneier oder -puppen freigegeben hat. Das Abfeuern einer Flinte ruft ebenfalls die Schwarzkopfmeisen herbei, allerdings mit weniger befriedigenden Ergebnissen.

Was war ihr Essensgong, bevor es Äxte, Schlegel und Flinten gab? Wahrscheinlich das Krachen eines niederbrechenden Baumes. Im Dezember 1940 brach ein Schneesturm eine außerordentlich große Anzahl abgestorbener Aststümpfe und lebender Äste in unseren Wäldern ab. Unsere Schwarzkopfmeisen spotteten einen Monat lang über die Falle, gesättigt von den Früchten des Sturms.

65 290 ist schon lange heimgegangen. Ich hoffe, dass in ihren neuen Wäldern den ganzen Tag über große Eichen voller Ameiseneier umfallen, ohne dass je ein Wind ihre Gemütsruhe stört oder ihr den Appetit verdirbt. Und ich hoffe, dass sie noch immer meinen Ring trägt.

Wenn Ihnen dieses KAMPA POCKET
gefallen hat, gefällt Ihnen vielleicht auch der
Lesetipp auf der gegenüberliegenden Seite.

Schicken Sie uns bitte Ihren LIEBLINGSSATZ
aus einem Kampa Pocket, bei einer Veröffentlichung auf unseren Social-Media-Kanälen
bedanken wir uns mit einem Buchgeschenk:
lieblingssatz@kampaverlag.ch